D1448550

Aesóp i gConamara

AESÓP I GCONAMARA

Pádraic Mac Con Iomaire
a d'inis

Domhnall Ó Cearbhaill
a bhreac síos

Nollaig Mac Congáil
Eagarthóir

Aesóp i gConamara

Foilsithe i 2009 ag
ARLEN HOUSE
(Arlen Publications Ltd)
Bosca 222
Gaillimh
Éire
Fón/Facs: 00 353 86 8207617
Ríomhphost: arlenhouse@gmail.com

Dáileoirí i Meiriceá Thuaidh
SYRACUSE UNIVERSITY PRESS
621 Skytop Road, Suite 110
Syracuse, NY 13244–5290
Fón: 315–443–5534/Facs: 315–443–5545
Ríomhphost: supress@syr.edu

ISBN 978–0905223–67–4, crua

Clóchur ¦ Arlen House
Saothar ealaíne an chlúdaigh
Pauline Bewick

Priontáil i Éirinn

Tá Arlen House buíoch de
Chlár na Leabhar Gaeilge
agus d'Fhoras na Gaeilge

Clár

Na Fabhalscéalta – Clár

Buíochas

Ba mhaith linn buíochas ó chroí a ghabháil le clann Dhomhnaill Uí Chearbhaill, mar atá, Cian, Diarmuid agus Nuala, as a gcuidiú agus fíricí bheathaisnéis Dhomhnaill á ndeimhniú againn. Tá buíochas ar leith tuillte ag Diarmuid as ár n-aird a dhíriú an chéad lá riamh ar ról tábhachtach a athar i saol agus léann na Gaeilge thar bhlianta fada, rud a bhí ina oscailt súl dúinn, agus as lámhscríbhinní, gearróga páipéir, grianghraif srl. lena athair a chur ar fáil dúinn. Ba dhual athar dóibh a gcineáltas agus a bhflaithiúlacht.

Ní féidir taighde ceart a dhéanamh gan úsáid a bhaint as leabharlann agus táimid faoi chomaoin ag an bhfoireann sna leabharlanna seo a leanas: Leabharlann James Hardiman, Ollscoil na hÉireann, Gaillimh, An Leabharlann Náisiúnta agus Pearse Street Library, Baile Átha Cliath. Táimid buíoch freisin d'fhoireann Roinn an Bhéaloidis sa Choláiste Ollscoile, Baile Átha Cliath, as a gcabhair.

Thar aon duine eile, áfach, táimid faoi chomaoin mhór ag Pádraig Mac Con Iomaire agus Domhnall Ó Cearbhaill, beirt a thuig tábhacht na hoidhreachta a fágadh acu agus a d'fhág le huacht againn í.

Réamhrá

Ar na saolta deireanacha seo is beag colún Gaeilge a fheictear ar nuachtáin Bhéarla na hÉireann, bíodh nuachtáin náisiúnta nó logánta, nuachtáin tráthnóna nó Domhnaigh i gceist, amach ó cheann fánach thall is abhus. Tá imeallú iomlán agus dearmad glan chóir a bheith déanta ag na meáin chlóite ar an nGaeilge le fada an lá. Ní mar sin a bhí an scéal i rith an chéid seo caite, go háirithe i ndiaidh bhunú an tSaorstáit. Rinne na nuachtáin náisiúnta Bhéarla saothrú, dá laghad é, ar an nGaeilge de réir mar a mheas siad spéis phobal na hÉireann a bheith san earra céanna agus de réir a n-idé-eolaíochta féin. Gan amhras, níor bhuan ná níor sheasmhach spéis na ndaoine sa Ghaeilge agus bhí a shliocht ar shaothrú na Gaeilge ar na nuachtáin Bhéarla dá thairbhe sin.

Déanta na fírinne, níor bhain na meáin chlóite Ghaeilge an t-am ab fhearr iad ach le fíorbheagán léitheoirí sa tír ar fad nuair atá deireadh ráite. Os a choinne sin, bhain na cinn Bhéarla le pobal mór na hÉireann agus le cian d'aimsir. Is ceart cuimhneamh ar thábhacht na meán Béarla mar sin i gcur chun cinn na Gaeilge ar an uile dhóigh agus ar an gcomaoin mhór a chuir siad ar chúis na Gaeilge ar an uile bhealach i rith bhlianta fada an chéid seo caite.

Déanfar trácht feasta ar éacht a rinne nuachtán Béarla amháin, mar atá, an *Evening Herald*,[1] ag tús na ndaichidí ar son na Gaeilge. Gan amhras bhí an Ghaeilge á saothrú ar an *Evening Herald* i bhfad roimhe sin agus ar an *Irish Independent* agus *Irish Weekly Independent*, a bhain leis an gcomhlacht céanna, freisin. Seo mar a cuireadh sraith úr as Gaeilge i láthair an phobail ag deireadh mhí na Samhna 1941:

> Some time ago we published a series of 'Bird and Beast' studies by Pádhraic Mac Con Iomaire, the well-known *seanchaidhe* from Carna, Co. Galway. These short articles were evidence of keen observation, coupled with a remarkable gift of easy expression. Pádhraic has since carried off first prize for story-telling at Oireachtas na Gaedhilge. A special correspondent of the *Evening Herald* has written down from his dictation a large number of Aesop's Fables told in his own inimitable way. The first instalment in this new series will appear on Monday.[2]

Leaganacha dúchasacha Gaeilge d'fhabhalscéalta Aesóip a bhí i gceist a bhreac Domhnall Ó Cearbhaill, fear mór Gaeilge agus béaloidis, síos ó bhéalaithris Phádraic Mhic Con Iomaire as Carna, duine de na seanchaithe ba cháiliúla riamh. B'fhada Domhnall ag tarraingt ar Phádraic agus ar Charna ag tóraíocht an bhéaloidis sin a raibh an oiread sin spéise aige ann. Mar a léireofar sa chuntas ar a bheatha, fear mór Gaeilge agus béaloidis a bhí i nDomhnall agus d'fhéach sé le freastal a dhéanamh ar dhá thrá leis an tsraith seo. Shíl sé cur le corpas léitheoireachta agus litríochta na Gaeilge trí leaganacha blasta dúchasacha Gaeilge d'fhabhalscéalta cáiliúla Aesóip a sholáthar. Seo mar a chuir Domhnall síos ar stair agus ar *modus operandi* an fhiontair sin:

> Thugas *Aesop's Fables* i mBéarla do Phádraic Mac Con Iomaire, an seanchaidhe cáilmhear i gCárna agus d'iarras air a innseacht féin i nGaedhilg a thabhairt ar na sgéalta beaga. Níor iarr sé aon aistriú a dhéanamh ar na ráidhte, ach 'séard a rinne sé leagan Gaedhilge nádúrtha a chur ortha. D'innis sé iad mar d'innseóchadh sé ceann ar bith de na céadta sgéal atá n-a chuid seanchais féin. Seo dhíbh, a léightheóirí, roinnt somplaí de na h-iarrachtaí a rinne Pádraic ar craiceann fíor-Ghaedhealach a chur ar Aesop.[3]

Tá breis is céad píosa ar fad i gceist ó mhí na Samhna 1941 go dtí deireadh na bliana 1942, cúpla ceann in aghaidh na seachtaine. Níl aon aistriúchán leo.

Domhnall Ó Cearbhaill
Scoláire gan Iomrá

Máire Uí Chuinneáin

Beathaisnéis Dhomhnaill Uí Chearbhaill 1891–1963

Rugadh Domhnall Ó Cearbhaill ar an 7 Eanáir 1891 i mbaile fearainn Chluain na Gainimhe atá suite timpeall le míle ó shráidbhaile Dhún Chiaráin i gContae Uíbh Fhailí agus seacht míle nó mar sin ar an taobh thiar theas de bhaile Ros Cré. Ba mhac é le Daniel Carroll agus Sarah Bergin. Ba leathcheann cúpla é Daniel, agus Michael ab ainm don deartháir eile. Rugadh iad ar 2 Feabhra 1843, dhá bhliain roimh an nGorta Mór. Bhí triúr deirfiúracha sa chlann chomh maith. Bhí gabháltas beag talún ag clann Uí Chearbhaill, 36 acra ar an taobh ó thuaidh d'íochtar bhóthar Chluain na Gainimhe. Thugtaí na Carrolls (Dan) orthu. Bhí clann eile ar an taobh ó thuaidh den bhóthar céanna a dtugtaí na Carrolls (Bill) orthu toisc gur William Carroll a bhí ar an bhfear sin.

D'fhás Daniel suas ar an bhfeirm. Is cosúil go bhfuair sé a chuid oideachais i Scoil Náisiúnta Chluain na Gainimhe. Cáilíodh mar mhúinteoir bunscoile é ach ní fios go cruinn cén chaoi ar tharla sé seo. D'fhéadfadh gur bronnadh scoláireacht air, ceann de Scoláireachtaí an Rí, rud a chuirfeadh ar a chumas ardoideachas a bhaint amach sa Mhodhscoil[4] i mBaile Átha Cliath. Cheal fianaise cinnte faoi sin, tá an dara tuairim ann faoin gcaoi ar oileadh Daniel le bheith ina mhúinteoir náisiúnta, is é sin, tamall de bhlianta a chaitheamh mar *monitor* sa scoil i gCluain na Gainimhe go dtí gur ceapadh ina oide é agus é fiche bliain d'aois. Bhí sé ina phríomhoide i scoil náisiúnta Chluain na Gainimhe idir 1863–1908.[5] Chuir sé oideachas maith ar a chuid scoláirí agus bhain a lán acu gairmeacha maithe beatha amach i rith na mblianta sa saol poiblí agus i saol na hEaglaise. Bhí aithne mhaith air freisin mar shuirbhéir talún agus tá sé ráite gur shiúil sé an bealach ar fad go Baile Átha Cliath agus ar ais chun *circumferentor* a bhailiú, acra a d'úsáid sé go minic agus é i mbun a chuid suirbhéireachta.[6] Ba é Daniel a rinne an tsuirbhéireacht ar an talamh ar a bhfuil Mainistir na gCistéirseach i Ros Cré tógtha. Is iomaí míle bóthair a shiúil sé agus é i mbun a chuid oibre.

Fear mór ceoil ba ea Daniel chomh maith, fliúiteadóir cáiliúil a raibh leagan an-speisialta aige den *Fairy Reel* a chuala sé sa Dún a bhí ar chúl a thí cónaithe, an *Stump House*. Ceannaíodh an *Stump House* ó chlann Uí Scanláin a chuaigh ar imirce go Meiriceá sa bhliain 1900. Creidtear gur chuidigh Domhnall go fial le ceannach an tí agus an ghabháltais sin dá thuismitheoirí sna fichidí. Bhí ochtó acra talún ar an bhfeirm sin. Ba le clann Mhic Aogáin (Egan) an teach ar dtús agus is sa teach sin a rugadh an tEaspag Mac Aogáin a bhí ina Easpag ar dheoise Phort Láirge agus Leasa Mhóir. Mar fhianaise ar an dea-shampla agus ar an treoir a thug Daniel agus Sarah dá gclann agus iad ag fás aníos chuaigh triúr dá gcuid iníonacha in oird rialta. Chuir a gharmhac, an Moinsíneoir Donal O'Carroll,[7] Daniel i gcomórtas le *the village schoolmaster* sa dán 'The Deserted Village' le Oliver Goldsmith: 'It was certain he could gauge and cipher too'. Bhásaigh an Moinsíneoir Donal O'Carroll in earrach na bliana 2005.

Bhí naonúr clainne ag Daniel agus ag Sarah, mar atá, Mary, Michael, Anne, Margaret, Bridget, Catherine, Daniel (Domhnall), William agus Patrick.[8] (D'fhéadfadh gur Patrick Joseph a bhí air toisc go mba Joseph a thugadh an chlann air). D'fhan Michael, an mac ba shine, ag obair ar an bhfeirm. Bhí baint ag William (oide scoile) le Cogadh na Saoirse.[9] Ba é Patrick an mac ab óige. Feirmeoir agus meicneoir ba ea é agus throid sé leis an sean-I.R.A. Chuaigh Mary, Anne agus Bridget le bheith ina mná rialta. Chuaigh Mary (An tSr. Mairéad) go hIndiana agus chuaigh Bridget (An tSr. Treasa Seosamh) chuig Clochar na Trócaire in Pope's Villa i Twickenham, Sasana, áit a raibh sí ag teagasc. D'fhan Anne (An tSr. Prospera) sa Convent of the Good Shepherd i Luimneach. Ní fhaca Mary a deartháir Domhnall riamh óir d'imigh sí le bheith ina bean rialta sular rugadh é.

As an naonúr clainne, bhí cúigear acu ag plé le cúrsaí múinteoireachta. Múinteoir náisiúnta ba ea Catherine (Harton) agus phós sise agus Margaret (McCormack) beirt fhear as Co. an Chabháin a tháinig chun cónaithe sa chomharsanacht. Ba é Domhnall an tríú mac ab óige.

Tar éis a bhunoideachais i gCluain na Gainimhe chuaigh sé chuig meánscoil na gCistéirseach (Mount St. Joseph's) i Ros Cré i 1906 mar a raibh sé ar dhuine de na chéad scoláirí lae ansin ag an am. Thugadh an múinteoir *The Cloonaganna Express* air agus é ag fáiltiú roimhe tar éis dó turas trí mhíle a shiúl chuile mhaidin chun na scoile óna theach i gCluain na Gainimhe. I measc na n-ábhar a rinne sé bhí Béarla, Gaeilge, Matamaitic, Fraincis, agus Eolaíocht Thrialach. Ina dhiaidh sin d'fhreastail sé ar choláiste De La Salle i bPort Láirge áit ar bronnadh Dioplóma céad onóracha air mar Oideachasóir i dTeagasc Críostaí i 1913. Chuaigh sé le gairm na múinteoireachta ón mbliain 1914 ar aghaidh i scoil na mbuachaillí i Sráid na Danmhairge. Bronnadh Dioplóma san Oideachas air i gColáiste na hOllscoile, Baile Átha Cliath, sa bhliain 1926: cúrsa dhá bhliain a bhí ansin. Sa bhliain 1928 bronnadh céim B.A. air i gColáiste na hOllscoile, Baile Átha Cliath. Rinne sé an tArd-Dioplóma san Oideachas i 1929. Chaith sé seal ag múineadh i gColáiste Laighean[10] i mBaile Átha Cliath.[11]

Thosaigh sé mar mhúinteoir i Scoil Náisiúnta an Chroí Ró-Naofa[12] i nGlas Naíon ag deireadh na bhfichidí agus rinneadh príomhoide de ar an scoil chéanna ina dhiaidh sin. Sheas an scoil seo ar Ascaill an Teampaill ag bun Bhóthar Bhaile Munna san áit a bhfuil Glasnevin Educate Together N.S., atá le hais Met Éireann agus Chlochar an Chreidimh Naofa. D'éirigh Domhnall as an múinteoireacht i lár na gcaogaidí.

Phós sé Treasa Nic Giollarnáth as Goirtín in Achréidh na Gaillimhe in Eaglais Naomh Columba ar Bhóthar Í, Glas

Naíon ar an 24 Iúil 1928. Bhí cónaí orthu ag 2 Páirc Críoch Mhór, Glas Naíon, tar éis a bpósta agus cóngarach don scoil inar chaith Domhnall an chuid eile dá shaol mar mhúinteoir. Ba dheirfiúr í Treasa le Seán Mac Giollarnáth. Bhí aithne mhaith ar Sheán Mac Giollarnáth[13] i gConamara sna blianta sin mar Bhreitheamh Cúirte agus mar bhailitheoir béaloidis.

Bhí triúr clainne ag Domhnall agus ag Treasa, mar atá Diarmuid, Cian agus Nuala. Bhí Diarmuid ina léachtóir i Roinn na hEacnamaíochta agus ina Dhéan ar Dhámh na Tráchtála in Ollscoil na hÉireann, Gaillimh, idir 1967–1995. Chaith sé scaitheamh roimhe sin ag obair sa Roinn Airgeadais i mBaile Átha Cliath. Tá cónaí air i nGaillimh. Thosaigh Cian ag obair mar cheantálaí i mBaile Átha Cliath. Tá sé pósta agus cónaíonn sé i Luimneach. Bhí sé ina bhainisteoir ar eastáit ag Comhlacht Forbartha Saorphort na Sionna Teoranta SFADCO agus ina dhiaidh sin mar bhainisteoir ar Oidhreacht na Sionainne, Shannon Heritage. Is í Nuala an duine is óige sa chlann agus d'oibrigh sí mar fheidhmeannach le SFADCO agus bhíodh sí ag plé le cúrsaí Eorpacha i gcathair Luimnigh.

Duine ildánach ba ea Domhnall. Is léir óna chlár saothair fairsing go raibh spéis aige sa Ghaeilge, sa cheardaíocht, sa dúlra agus sa saol mórthimpeall air. Ach oiread lena athair a chuaigh roimhe, is beag rud nach raibh lorg a láimhe le feiceáil air. Bailitheoir béaloidis den scoth a bhí ann chomh maith. Toghadh ar Choiste an Chumainn le Béaloideas Éireann é i mí Eanáir 1936[14] agus bhí sé ina bhall den choiste ó 1936 go dtí 1961.

Thagadh sé féin agus Treasa agus a gclann go Carna ar laethanta saoire sna tríochaidí agus bhíodh teach tógtha ar cíos acu i Muighros. Ceann de na laethanta sin dá raibh siad i gCarna, bhí sé ag siúl an bhóthair agus thug sé faoi deara an garraí áirithe seo a raibh meacain dhearga ag fás ann. Thug an té a mba leis an garraí faoi deara é agus bhuail sé bleid air agus thug sé cuireadh chun a thí dó. Ba é an fear sin Pádraic Mac Con Iomaire as an gCoillín i gCarna. Seanchaí cáiliúil ba ea Pádraic agus bhailigh Domhnall go leor scéalta agus seanchais uaidh. Bhain Domhnall úsáid as an eideafón[15] chun na scéalta a thaifead agus scríobh sé féin isteach i gcóipleabhair iad ina dhiaidh sin. Thug Pádraic go leor eolais dó faoin gceantar agus faoin gcaoi a raibh an saol agus an tír nuair a bhí sé féin ag fás aníos. Foilsíodh an t-eolas seo agus na scéalta a bhailigh Domhnall ó Phádraic san *Irish Weekly Independent* agus san *Evening Herald* idir na blianta 1934 agus 1942.[16] D'fhás an-chairdeas idir clann Mhic Con Iomaire agus Domhnall agus bhronn Domhnall seol láimhe (*hand loom*) a rinne sé féin orthu. Tá an cairdeas sin ag leanacht ar aghaidh ó shin i leith toisc go dtugann mac Dhomhnaill, Diarmuid, cuairt ar chlann Phádraic, Áine agus Cáit, i mBostún sna Stáit Aontaithe.

Casadh seanchaí mór le rá eile do Dhomhnall chúns a bhí sé i gCarna. Ba é sin Pádraic Mac Dhonnchadha (Pat Bhilly) as an gCoillín. Thug seisean roinnt scéalta agus seanchais dó faoin gceantar agus foilsíodh iad seo freisin san *Irish Weekly Independent* idir na blianta 1934 agus 1939. Bhuail Domhnall le fir cheirde an cheantair freisin. Ar ndóigh, bhí clú agus cáil ar Chathasaigh Mhaínse mar shaoir bháid agus tá píosa a scríobh Domhnall le fáil in *Béaloideas* 1939–1940 'Notes on a Connemara Currach.' Bhronn duine de mhuintir Mhaínse macasamhail de bhád seoil air. Bhí an-spéis sa tsiúinéireacht ag Domhnall agus bhailigh sé go leor eolais ó Phádraic Ó hUaithnín as Dubh-Ithir, Carna. Siúinéir den scoth ba ea Pádraic. Foilsíodh an t-eolas a thug sé do Dhomhnall, 'Seanchus na gCeard,' san *Irish Weekly Independent* i mí an Mheithimh 1935. Sárshiúinéir ba ea Domhnall freisin agus foilsíodh altanna leis 'Seanchus Siúinéireachta' san *Irish Weekly Independent* ón 6/07/1935 go dtí 7/09/1935.

Chaith Domhnall tréimhse ar Oileáin Árann i 1942 agus bhailigh sé scéal in Inis Meáin 'Curadh Glas an Eolais' ó

Ruaidhrí Ó Tuathaláin.[17] Ba as leabhar a thóg Ruaidhrí an scéal seo dar le Domhnall.[18] Ghlac Domhnall tuairim is céad go leith pictiúr de *material folk culture* Árann, mar a thug sé air. D'fhéadfadh sé gur bhronn sé na grianghraif seo ar an Músaem Náisiúnta in éineacht le cinn eile a thóg sé agus é ag déanamh taighde ar shaol agus ar chultúr na ndaoine sa tSualainn i 1936. Casadh seanfhear dó, Seán Ó Conghaile (Tomás) in Inis Oírr. Fear déanta curach ba ea é agus thaispeáin sé dó le hancaire, le ciléara agus le curach a dhéanamh. Thóg Domhnall go leor pictiúr den obair sin. Bhíodh an fear sin in ann tuirní a dhéanamh agus bhí ordú aige do chúig nó sé cinn de thuirní. Bhíodh air an t-ábhar a cheannach i nGaillimh. Bhí trua ag Domhnall dó de bharr an chostais aird a bhain leis an gceird agus mhol sé go mba chóir go mbeadh duine éigin ag dul thart ag freastal ar fhir cheirde mar Sheán Ó Conghaile. Rinne Domhnall sé cinn d'imleacáin dó agus sheol Seán cléibh agus ciseáin chuig Domhnall mar íocaíocht as an obair a rinne sé dó.

Bhailigh Domhnall scéalta béaloidis ón seanchaí cáiliúil Seán Ó Coileáin as Cor an Dola chomh maith.[19]

Bhí ainm Dhomhnaill in airde i measc na scoláirí cáiliúla béaloidis a luaigh Gearóid Mac Eoin agus é ag fáiltiú roimh *Éire,* bliainiris nua i nGaeilge, i 1938.[20] Bhí a ainm luaite chomh maith i measc scríbhneoirí éirimiúla a bhí chun scéalta béaloidis a chur ar fáil don *Irish Independent* i gcolún úr a bhí chun tosú go luath.[21]

Fuair sé ardmholadh de bharr aiste speisialta dá chuid a foilsíodh ar an *Irish Independent* i gcomhair Lá Fhéile Pádraig sa bhliain 1940.[22] Bhí bua an scríbhneora aige agus mar is léir óna chlár saothair bhain sé úsáid as an mbua sin go huile agus go hiomlán. Chuir sé aistí ilchineálacha i gcló ar an *Sunday Independent* idir 1922 agus 1925.

In Aibreán na bliana 1922 cuireadh tús le colún do lucht foghlama na Gaeilge sa *Sunday Independent*. Rinne Domhnall a chion féin maidir le hábhar Gaeilge idir scéalta agus aistriúcháin a sholáthar don pháipéar sin. Bhí an rud céanna fíor faoin *Irish Independent* agus an *Irish Weekly Independent* agus an *Evening Herald*. Chuir sé roinnt aistí i gcló san *Irish Press* freisin. D'fhéadfá a rá go mba é ba chrann taca do na nuachtáin Bhéarla sin ó thaobh na Gaeilge de ó thús na bhfichidí go dtí na daichidí.

D'aistrigh sé cúpla leabhar sa tréimhse sin freisin. Foilsíodh ceann amháin acu mar leabhar, mar atá, *Robin Húid*, ach níor foilsíodh an chuid eile mar leabhair riamh.[23] Sholáthraigh sé éagsúlacht mhór ábhair agus níorbh é an t-ábhar céanna a bhí i gcló aige i gceachtar de na páipéir.

Bhí spéis ar leith aige sna tionscail Déantúsaíochta Baile.[24] Labhair sé faoi na tionscail seo ag an gcruinniú bliantúil a bhí ag an gCumann i bhFaiche Stiabhna i mBaile Átha Cliath i 1939.[25] Bhí rudaí áirithe ag déanamh buartha dó, áfach. Chonaic sé a lán athruithe ag teacht ar shaol na ndaoine de bharr Ré na Tionsclaíochta. Bhí deireadh ag teacht leis an seansaol agus le hobair agus cultúr na ndaoine. Chreid sé go daingean go mba chóir na hiarsmaí ar fad a bhain leis an seansaol a bhailiú agus a chaomhnú agus iad a chur ar taispeáint i Músaem Náisiúnta.[26]

I dtús mhí an Mheithimh 1936 chuaigh sé go Copenhagen chun staidéar a dhéanamh ar Mhúsaem Cultúrtha a bhí ansin. Cuireann sé síos i ndialann a choinnigh sé, ar an gcaoi ar thug fear darbh ainm Mr Smith thart é ag féachaint ar na radharcanna ar fud na cathrach. Thug sé go Lyngby é chuig an Músaem áit a bhfaca sé seantithe agus muilte gaoithe. Bhí chuile theach, idir throscán agus bhallaí, curtha isteach sa Mhúsaem díreach mar a bhí siad faoin tuath.[27] B'fhurasta é sin a dhéanamh ansin dar leis toisc go raibh na ballaí déanta as saileacha adhmaid agus cré nó dóib eatarthu. Bhí an dáta scríofa os cionn gach fardorais agus ar gach bosca; nós náisiúnta ba ea é agus nós a chabhraigh go mór le lucht béaloidis dar leis. Bhí seomraí as tithe na n-uasal ar taispeáint chomh maith. Chuaigh sé go Glypoteck chuig Músaem a bhí ansin agus is íomhánna agus pictiúir is mó a bhí ann. Ina dhiaidh sin thug sé cuairt ar an National Musset. Bhí iarsmaí ar taispeáint ansin a bhain le Ré an Chré-Umha agus an stuif leagtha amach go hiontach ann. Casadh an Dochtúir Orlik air agus thug seisean isteach i bpáirt den Mhúsaem é nach raibh fós ar oscailt agus nach mbeadh réitithe le hoscailt go ceann cúpla bliain ina dhiaidh sin. Bhí seomraí as tithe á gcur suas ag siúinéirí ann agus dátaí á gcur le gach rud ann díreach mar a bhí i Lyngby. Ghluais sé ón áit sin go dtí Det Danske agus go dtí an Kurtindustrimuseum. Bhí togha lámhoibre de chuile shórt á taispeáint ansin agus gach rud socraithe de réir an ama a déanadh iad. Dar le Domhnall go mba fhear beorach a bhronn an t-airgead chun an músaem seo a bhunú. Dúradh leis gur bhronn fear amháin milliún kroner chun na Folkmuseet a chur ar aghaidh. Dúirt Domhnall go ndúirt an tUasal Smith leis go mba mhór an trua é an Cladach i nGaillimh a bheith á leagan agus gan aon sampla de fágtha.[28]

Chuaigh Domhnall ar bord loinge go Malmo ansin áit ar casadh A. Nilsson air. Fuair sé lóistín dó le fear stiúrtha an Mhúsaeim. Thug sé féin agus an tUasal Nilsson cuairt ar an Músaem áit a raibh uirlisí feirme ar taispeáint. Mhínigh an tUasal Nilsson dó cén úsáid a bhaintí astu agus rinne Domnall nótaí ar gach a bhfaca sé agus ar na rudaí a bhí cosúil leo in Éirinn. Mhínigh Nilsson dó faoi scéim nua le rudaí a chlárú agus a chur in oiriúint don tír seo. Bhí aiféala ar Dhomhnall nach raibh aon eolas aige ar chúrsaí sníomhadóireachta toisc chomh simplí agus a bhí na meaisíní. Bhí leagan ar chuile shórt ins an Músaem chun a thaispeáint cén chaoi ar mhair na daoine. Seo é an cineál Músaeim ba chóir a bheith sa tír seo, dar leis. Rinne sé nótaí faoi gach rud a chonaic sé ar a thuras agus go minic rinne sé líníocht de na rudaí seo. Mhínigh sé i léacht a thug sé do Chumann Gaelach na hÉireann in Óstán Wynn i mBaile Átha Cliath, an chaoi a mbailítear béaloideas sa tSualainn.[29] Bhain sé úsáid as sleamhnáin a bhí déanta aige de gach rud, chun an scéal a mhíniú. Dúirt sé nach raibh aon seanchaí ná scéalta béaloidis le fáil sa tSualainn ní hionann agus an tír seo. Is é an chaoi a ndéanann mic léinn sa tír sin staidéar ar mhodhanna oibre, ar sheancheirdeanna agus ar cheardaíocht. Cuirtear mic léinn Ollscoile amach in áiteacha éagsúla ar fud na tíre agus déanann siad nótaí faoi mhodhanna oibre agus uirlisí a bhíodh in úsáid ag na daoine. Tugann na mic léinn an t-eolas don Mhúsaem agus má thagann siad trasna ar aon rud áirid téann daoine cáilithe amach agus scrúdaíonn siad na rudaí seo. Dar le Domhnall nach raibh aon spéis acu sa tseandálaíocht ach gur dhírigh siad ar chultúr na ndaoine. Rinne siad staidéar ar logainmneacha agus ar chanúintí éagsúla. Labhair sé freisin faoin am a chaith sé i gConamara i gcomhthéacs thaithí na Sualainne agus mhínigh sé an staidéar a bhí déanta aige féin ar mhodhanna oibre agus ar cheirdeanna in Éirinn. Dúirt sé go raibh na seancheirdeanna curtha ar aghaidh ó ghlúin go glúin ar fud na hEorpa agus mic léinn ag déanamh staidéir orthu.

Tá cuntas tugtha ag an Ollamh Patricia Lysaght ar chuairt Dhomhnaill ar an tSualainn agus ar an gcúis a bhí léi go hoifigiúil:

> Among the people – apart from Seán Ó Súilleabháin – who received training in Swedish archival and Field methods, was Domhnall Ó Cearbhaill, a National School teacher with a keen interest in material culture. In the early 1930s he was being groomed by Séamus Ó Duilearga in anticipation of the setting up of an Irish folk museum based on the Skansen model in Stockholm, which was being enthusiastically mooted at the time. He spent two months in Sweden (June–July 1936) with Dr. Albert Nilsson (later Eskerod) in Lund, and Dr. Ake Campbell

in Uppsala, at the Commission's expense, being trained as a material culture specialist. He was never employed in that capacity, however, as the folk museum Project faltered and eventually just faded away.[30]

Bhí sé le ceapadh mar stiúrthóir ar an National Folk Museum faoi scáth an Mhúsaeim Náisiúnta i bPáirc an Fhionnuisce i 1939 ach b'éigean an tionscadal seo a chur ar ceal nuair a bhris an cogadh amach.

Craoltóir raidió ba ea Domhnall chomh maith. Bhíodh clár raidió go rialta aige gach Oíche Shathairn ó 1940 go dtí lár na gcaogaidí. *Making and Mending* príomhainm an chláir agus bhí Domhnall ag obair faoin ainm cleite Peadar O'Connor. Cuireann an sliocht seo a leanas síos ar an gclár agus ar bhuanna an té a bhí ina bhun:

ADVICE FOR THE 'HANDY' MAN
Listeners may like to be reminded that Saturday evening next, 20th, Peadar O'Connor returns to Radio Éireann's programmes and will be at their service once again with expert and practical advice about the arts and crafts of the handy man. In these days of high prices, more and more people are driven to tackle for themselves the various little jobs of 'making and mending' about the house which, in happier times, they would have handed over to a professional specialist. And, indeed, it is remarkable how much even the most awkward and incompetent of us can do in the way of minor repairs provided we have enthusiasm and a little practical knowledge. The necessary enthusiasm is not hard to come by, but the practical knowledge is another matter: more often than not books – the obvious source of information – seem to avoid the very points on which we most need guidance; in such a cast, Peadar O'Connor can almost always come to our rescue. There seem to be very few crafts with which he is not considerably more than superficially acquainted: and he has, above all, the gift of a vivid imagination which enables him to see the solution to a problem, no matter how difficult or unusual it may be almost as soon as it is presented. He is, too, very clever at explaining quite tricky operations verbally, so that his invariably practical suggestions are always easy to follow. In short, he is an

> invaluable guide, philosopher and friend to the handy man, and there is no doubt that his many 'clients' will welcome his return to Radio Éireann.[31]

Bhíodh daoine ag scríobh isteach chuig an gclár ag lorg a chomhairle faoi chúrsaí D.I.Y., rudaí a bhídís ag iarraidh a dheisiú nó a ghlanadh nó a shailleadh, mar shampla, folcadán nó doirteal a mbeadh scoilt iontu a dheisiú, troscán a dheisiú nó a ghlanadh agus snas a chur air, fuinneoga nó díon tí a dheisiú, cén chaoi le ruganna nó olann a dhathú nó urlár stroighin a chur síos, agus a lán nithe eile. Ba liosta le háireamh an méid litreacha a d'fhaigheadh sé. Chuir John McGahern síos ar an gcuimhne a bhí aige ar an gclár sin ag Peadar á mhíniú nárbh ionann an cion a bhí ag daoine fásta agus daoine óga ar an gclár.

> My father was a devoted listener of a programme on the Athlone station, Making and Mending, with Peadar O'Connor. Peadar's voice and presentation was so doleful and plodding that we used to make fun of it in secret: 'You get the hammer, and you take the nail, and place the nail on the wood. Then you strike the nail with the hammer …'[32]

A mhalairt de thuairim a bhí ag daoine eile faoin gclár mar a thugtar le fios sa phíosa seo a leanas ar *Ar Aghaidh*:[33]

> Oidhche Dia Máirt, cuir i gcás, ar a sé, bíonn cainnt ag Domhnall Ó Cearbhaill faoi obair na bliadhna. Má's cuimhneach liom i gceart, bhí cainnt aige Máirt amháin faoi'n mbealach a ndéantar siúcra agus milseáin. Bhí cainnt aige oidhche eile faoi'n bhfoghmhair agus lucht a bhainte. Duine é Domhnall, bail ó Dhia air, a bhíos thar cionn le cur síos ar cheárdaidhe agus a shaothar. Bíodh an cheird sean nó nua, faoi'n tuaith nó sa monarcain, 'sé Domhnall an fear a thiubhras ughdar dhuit ar chuile shórt dá mbaineann leis.

Chuir roinnt daoine ceist air maidir le coinnle a dhéanamh as geir gabhair agus chuir sé síos ar an gcaoi ar inis seanchaí as Conamara dó go raibh na coinnle a thug Gráinne Ní Mháille léi go Sasana nuair a bhí sí ag tabhairt cuairt ar an mBanríon Eilís, déanta as geir gabhair, rud a chuir ionadh ar gach a raibh sa bpálás.

Rinne sé iarracht déileáil leis na fadhbanna go séasúrach. Bhíodh tuismitheoirí, go háirithe máithreacha, ag scríobh chuige roimh an Nollaig ag iarraidh a fháil amach cén chaoi le bréagáin a dhéanamh ar nós bábóg nó cairteanna.

Is léir go raibh lucht éisteachta fairsing aige ar fud na tíre ó na scripteanna lámhscríofa a d'fhág sé ina dhiaidh. Tá cuntas sna scripteanna ar na daoine a bhíodh ag scríobh isteach chuige as gach ceard den tír agus is minic a bhíodh go leor de na ceisteanna nó na fadhbanna céanna ag roinnt daoine.

Bhíodh na scripteanna ar fad scríofa amach aige sula dtéadh sé ar an aer agus chaithfí iad a sheoladh ar aghaidh chuig Raidió Éireann a trí nó a ceathair de laethanta sula rachaidís amach ar an aer. Thugadh a mhac Diarmuid na scripteanna isteach chuig Oifig an Phoist i Sráid Anraí ar a shon. Chuir Domhnall ailt maille le léaráidí den chineál céanna i gcló in *Biatas*[34] ar feadh roinnt blianta agus cuireadh i gcló alt fada i 1958 i lámhleabhar Mhuintir na Tíre.[35] Thug Maurice Gorham a bhí ina stiúrthóir ar Radió Éireann *the genius of making agus mending* air.[36]

Rinne Domhnall a lán stiallscannán, a dhearaigh sé ina sheomra dorcha féin, mar mhodh múinteoireachta i 1940. Ba ar a chostas féin agus gan tacaíocht ná aitheantas ón Roinn Oideachais a rinne sé an obair chruthaitheach seo go léir. Scríobh sé alt faoi seo ar ar thug sé 'Súiloideas' in *Iris Choláiste na hOllscoile, Gaillimh* 1950–1951. Cur síos atá ag Domhnall anseo ar na gnáthghléasanna a bhíodh in úsáid le haghaidh súiloidis sa seomra ranga. Labhraíodh sé go minic faoi na hacraí teagaisc seo agus é ina bhall d'Institiúid Scannán na hÉireann, den Irish Photographic Society agus den Geographical Society of Ireland.[37]

Mar a luadh ag an tús, b'fhear ildánach amach agus amach é Domhnall. Rinne sé cion fir maidir le saol agus cultúr mhuintir na tíre a chaomhnú agus a chur in aithne agus in eolas don saol mór. Mar mhúinteoir chuir sé spéis ar leith sa nGaeilge agus i gcur chun cinn na Gaeilge. Thuig sé tábhacht an oideachais agus na foghlama don pháiste agus don duine aosach. Chuir sé spéis i saol mór an bhéaloidis agus bhailigh sé eolas gairmiúil léannta ar léann iomlán an bhéaloidis agus d'aimsigh sé ardán náisiúnta don saibhreas sin. Scaip sé eolas faoi i réimsí léinn agus cumarsáide. Ba mhúinteoir, iriseoir, Gaeilgeoir, scoláire agus duine ildánach tréitheach é nach bhfuair a cheart go dtí seo Domhnall Ó Cearbhaill.

A SHAOTHAR FOILSITHE

Máire Uí Chuinneáin

Tháinig feabhas mór ar scéal na Gaeilge le bunú an tSaorstáit. Deimhníodh stádas na Gaeilge i mBunreacht na hÉireann agus as sin a tháinig. Gan trácht ar thábhacht na Gaeilge i réimse ar bith eile den tsochaí ná den earnáil phoiblí, féachadh lena cur chun cinn bealach an chórais oideachais ach go háirithe. Ar bhealach thángthas aniar aduaidh ar lucht na Gaeilge lena linn sin nó bhí múinteoirí a bhí ábalta Gaeilge a theagasc nó a bhí ábalta teagasc as Gaeilge ar an ngannchuid agus bhí ganntanas mór téacsleabhar agus ábhar léitheoireachta eile as Gaeilge ann ag an tús agus go ceann na mblianta fada ina dhiaidh sin. Is iomaí seift a ceapadh ó shin leis an scéal a leigheas m.sh. múinteoirí a chur chun na Gaeltachta ag foghlaim Gaeilge seal an tsamhraidh, na Coláistí Ullmhúcháin a chur ar bun, an Gúm a bhunú le téacsleabhair scoile a sholáthar chomh maith le bunleabhair agus aistriúcháin Ghaeilge a sholáthar srl.

D'aithin nuachtáin náisiúnta Bhéarla na tíre ag an am go raibh breis tábhachta ag baint leis an nGaeilge thar mar a bhí. Cúrsaí airgid is mó is cás le lucht nuachtán i gcónaí, áfach, agus ní chuireann siad spás cló amú le hábhar léitheoireachta nach bhfuil éileamh air i measc a gcuid léitheoirí féin. Bhí dhá chomhlacht mhóra nuachtán Béarla ann a rinne nuachtáin laethúla a sholáthar sna fichidí, mar atá, an *Irish Times* agus an *Irish Independent*. Níor spéis leis an *Irish Times* cúrsaí Gaeilge ag an am[38] agus bhí cúis idé-eolaíoch leis sin a tuigeadh go maith. Cúltaca mór de chuid an tSaorstáit a bhí san *Independent* agus ní hiontas ar bith gur thoiligh comhlacht an *Independent* ar ábhar Gaeilge, dá laghad é, a fhoilsiú ar a gcuid nuachtán ó bhunú an tSaorstáit ar aghaidh.[39]

Mar mhúinteoir óg a raibh spéis ar leith aige i saol, i léann agus i gcinniúint na Gaeilge, tháinig Domhnall Ó Cearbhaill chun cinn ag am an-tráthúil. Díograiseoir Gaeilge agus múinteoir a bhí ann a shantaigh an Ghaeilge a chur chun cinn go náisiúnta ar an mbealach ab éifeachtaí a d'fheil dó féin ag an am. D'aithin sé go luath nach bhfaigheann agus nach léann ach na fíréin aon nuachtán Gaeilge ach go gceannaítear cúpla nuachtán Béarla chuile sheachtain i ngach aon teach. An nuachtán Béarla ab fhearr mar sin le hábhar léitheoireachta Gaeilge a chur os comhair mhuintir na hÉireann. Thosaigh sé dá bharr sin ar ábhar ilghnéitheach as Gaeilge a sholáthar do na nuachtáin Bhéarla: *Sunday Independent, Irish Independent, Irish Weekly Independent, Irish Press* agus *Evening Herald* ó 1922 go dtí deireadh na ndaichidí. Ar an gcorpas sin a dhíreofar anseo.[40]

Thosaigh Domhnall ar a chuid iriseoireachta ar 5 Feabhra, 1922 le haiste dar theideal 'Oideachas in Éirinn' ar an *Sunday Independent*. As sin amach go dtí mí an Mheithimh 1925 bhí alt leis ar an nuachtán céanna beagnach chuile sheachtain, breis mhaith is céad píosa ar fad. Sna píosaí sin thrácht sé thall is abhus gan amhras ar ábhair a bhain le léann, litríocht, ceist agus saol na Gaeilge i gcoitinne ach ní ar a leithéidí sin amháin a dhírigh sé a pheann bunús an ama. Chuir sé aistí faoi ainmhithe agus éanacha, faoin dúlra i gcoitinne, faoi chúrsaí litríochta, chomh maith le haistriúcháin ón bhFraincis, den chuid is mó, ar fáil – gnáthlón iriseoireachta ag údar i dteanga ar bith. Ar an gcaoi sin chuir sé ábhar fónta léitheoireachta as Gaeilge ar fáil ar chaighdeán measúil iriseoireachta agus intleachta a shásódh pobal léitheoireachta aibí agus ní lucht foghlama amháin. Díol suntais é nár thug Domhnall faoin scríbhneoireacht chruthaitheach riamh ina shaol.

Bhí gaol láidir idir an *Sunday Independent* agus an *Irish Weekly Independent* sa mhéid is nár nuachtáin laethúla iad mar rud amháin agus, mar rud eile, bhíodh an t-ábhar céanna i gcló uaireanta ar an dá pháipéar, rud a bhain leis an ábhar Béarla chomh maith leis an ábhar Gaeilge, ach ní hamhlaidh a bhí an scéal i gcás Dhomhnaill. Thosaigh Domhnall ar an *Irish Weekly Independent* i mí an Mheithimh 1925 agus lean sé go seasta ansin ó sheachtain go seachtain go dtí deireadh 1942 beagnach agus suas le míle píosa ar fad a bhí san iomlán. An-éacht scríbhneoireachta a bhí ansin agus caithfear a rá gurbh é Domhnall an duine is minice a mbíodh píosaí Gaeilge leis i gcló ar nuachtán Béarla ar bith sa tréimhse ama sin ar fad. Ó tharla éagsúlacht mhór a bheith ag rith lena chuid scríbhneoireachta ar an *Irish Weekly Independent* agus nach bhfuil tagairt déanta di in aon áit eile, ní miste rangú a dhéanamh ar an ábhar inti mar léiriú ar shaol na hÉireann agus na Gaeilge sa tréimhse sin agus mar léiriú ar réimsí spéise Dhomhnaill.

Obair Aistriúcháin

I 1925 bunaíodh scéim Rialtais, An Gúm,[41] chun téacsleabhair scoile agus ábhar eile léitheoireachta a fhoilsiú i nGaeilge. Foilsíodh saothar cruthaitheach as Gaeilge ach facthas nach raibh go leor de sin á tháirgeadh ar chaighdeán sách ard a raibh éagsúlacht ábhair agus stíle ann chun lón léitheoireachta a sholáthar do phobal na Gaeilge. Tosaíodh ar scéim aistriúcháin an Ghúim ó dheireadh na bhfichidí go dtí tús na ndaichidí ach go háirithe agus rinneadh an t-uafás leabhar a aistriú go Gaeilge faoin scéim sin. Chuaigh cuid mhaith scríbhneoirí cáiliúla i mbun obair an aistriúcháin, go lánaimseartha agus go páirtaimseartha.[42] Ba í príomhobair na scéime ná aistriúchán a dhéanamh ar théacsanna ó thíortha eile. Rinne Domhnall Ó Cearbhaill a chion féin ó thaobh an aistriúcháin de. Rinne sé ceithre leabhar a aistriú agus a chur i gcló, ceann amháin i bhfoirm leabhair, mar atá, *Roibin Húid is a Cheatharnaigh Coille,* agus trí cinn eile nár foilsíodh riamh mar leabhair. Aistriúchán ón bhFraincis a bhí i bpéire acu. Foilsíodh *Eachtraí Asail* ins an *Irish Weekly Independent* gach seachtain ar feadh 45 seachtain ó mhí Lúnasa 1931 go dtí mí Iúil 1932 agus foilsíodh *Eirlinn na n-Éacht* ins an *Irish Weeky Independent* gach seachtain ar feadh 34 seachtain ó mhí Dheireadh Fómhair 1932 go dtí mí an Mheithimh 1933.

D'aistrigh sé saothar eile ón bhFraincis chomh maith: *Sain Germain na Fraince* a foilsíodh ins an *Irish Weekly Independent* gach seachtain ar feadh 15 seachtain ó mhí Iúil 1932 go dtí mí Dheireadh Fómhair 1932. D'aistrigh sé scéal eile 'Crann Coille' a foilsíodh san *Irish Weekly Independent* gach seachtain ar feadh 16 seachtain ó thús mhí Eanáir go dtí deireadh an Aibreáin 1934.

Ba é *Scéal an Mhachaire Mhóir* an scéal ab fhaide a d'aistrigh sé. Leabhar iomlán, a foilsíodh ins an *Irish Weekly Independent* ar feadh 103 seachtain, beagnach dhá bhliain, ó thús mhí Iúil 1929 go dtí tús mhí Lúnasa 1931. Is leabhar faoi bhuachaillí bó atá sa leabhar sin agus is trua nár foilsíodh mar leabhar é nó chuirfeadh sé go mór an t-am sin le héagsúlacht lón léitheoireachta lucht na Gaeilge go háirithe do dhaoine óga.

D'aistrigh sé scéalta le Hans C. Andersen, O. Henry agus Oliver Goldsmith. Foilsíodh aiste ghearr leis ins an *Sunday Independent* i mí Eanáir 1924, 'Asal an tSean-Duine' ba theideal don aiste. Aistriúchán a bhí ann ar chaibidil as leabhar le Sterne – 'A Sentimental Journey'. Rinne sé athinsint ar 'An Fear Sona' le Anton Chekhov ón Rúis agus ar 'Staighre an Fhathaigh' le Crofton Croker. Chuir sé a leagan féin chomh maith ar scéalta ón iasacht, scéalta ón bhFrainc agus ar scéalta i dtaobh Naomh Pádraig.

Bhí éagsúlacht mór ábhair i gceist lena shaothar aistriúcháin agus bhí tábhacht ar leith ag baint leis na scéalta sin a chur i gcló ag an am. Ní raibh fáil ar an gcineál sin scéalta i nGaeilge agus ba scéalta iad a gcuirfeadh daoine áirithe spéis iontu. Chruthaigh na scéalta ardán don Ghaeilge i meán náisiúnta Béarla agus chuidigh siad le spéis a chothú go rialta sa teanga. Chuir sé aiste i gcló san *Sunday Independent* i 1922 faoi thairbhe an aistriúcháin agus mar is léir óna chlár saothair bhí sé ag aistriú scéalta éagsúla ón mbliain sin ar aghaidh.

Níorbh é Domhnall an chéad ná an t-aon duine ná an duine deireanach a rinne ábhar aistrithe go Gaeilge a fhoilsiú ar nuachtán Béarla. Gné bhunúsach riachtanach de nós imeachta na hAthbheochana a bhí ansin riamh. Níorbh é Domhnall an t-aon duine amháin a raibh ábhar aistrithe á fhoilsiú aige ar nuachtán de chuid an *Independent* ach an oiread.

Ábhar Béaloidis

Bhí suim ar leith ag Domhnall sa bhéaloideas. Bailitheoir mór béaloidis a bhí ann. Bhí sé ina bhall de Choiste an Chumainn le Béaloideas Éireann ó 1936 go dtí 1961. Is i gceantar Charna a bhailigh sé formhór mór na scéalta béaloidis a chuir sé i gcló. Thagadh sé féin agus a bhean agus a gclann go Carna go rialta ar laethanta saoire agus go deimhin ní fhéadfadh sé teacht in áit níos saibhre cultúr ná Carna. Is ansin a casadh na seanchaithe cáiliúla Pádraic Mac Con Iomaire agus Pádraic Mac Dhonnchadha air. Ba as an mbaile céanna don bheirt acu, as an gCoillín i gCarna. Bhailigh sé chuile chineál béaloidis uathu idir fhinscéalta, síscéalta, scéalta idirnáisiúnta, scéalta fiannaíochta, agus scéalta rómánsúla. Thugadar seanchas áitiúil dó chomh maith. Scéalta ar nós síscéalta agus scéalta draíochta faoi dhaoine, ainmhithe, éanlaith agus faoi bháid agus faoi nithe áirithe a thit amach sa cheantar blianta fada roimhe sin. Thugadar eolas dó faoi na naoimh a bhí luaite leis an gceantar, leithéidí Mhic Dara, agus Chiaráin, agus faoi thoibreacha beannaithe a bhí agus atá fós sa gceantar. Chuir sé aistí fada i gcló faoin gcur síos a rinne Pádraic Mac Con Iomaire ar obair na bliana i gceantar Charna agus faoina chuid cuimhní cinn.[43] Chuir sé go leor scéalta gearra faoin teideal 'Aesóp i gConamara' i gcló san *Evening Herald* idir 1941–1942 agus is iad atá sa leabhar seo.

Bhailigh Domhnall scéalta béaloidis taobh amuigh de Charna chomh maith. Bhailigh sé scéalta béaloidis ón seanchaí cáiliúil Seán Ó Coileáin as Corán an Dola agus ó sheanchaí eile as Inis Oírr, Ruaidhrí Ó Tuathaláin.

Ba é an t-eideafón an gléas taifeadta a bhí Domhnall. Thug an Cumann le Béaloideas Éireann an gléas taifeadta seo dó le scéalta a bhailiú don Chumann. Bhí Domhnall ina bhall de choiste an Chumainn ó 1936 go dtí 1961. Nuair a bhíodh na scéalta ar fad taifeadta aige scríobhadh sé amach gach ceann acu lena pheann. Ba shaibhreas ar leith iad na scéalta sin. Bhí tábhacht ar leith leo chomh maith sa mhéid gur thug Domhnall ardán náisiúnta don bhailiúchán seo i bpríomhnuachtáin Bhéarla na tíre ag an am. Is cinnte gur chuidigh na scéalta sin le spéis daoine a mhúscailt ins an teanga agus sa léann dúchais. Bhí teanga nádúrtha le fáil ins na scéalta agus bhí frásaí agus focail bhréatha Ghaeilge iontu. Bhí carraigeacha móra Gaeilge sna scéalta, sna finscéalta ach go háirithe, focail nach mbíonn in úsáid de ghnáth sa chaint. Chothaigh sé nós na léitheoireachta sa Ghaeilge agus mhúscail sé spéis na ndaoine ina gcultúr leis an ábhar seo. Bhí spéis ar leith ag Domhnall sa chultúr, sa bhéaloideas agus i saol na ndaoine agus thuig sé an tábhacht a bhain leis an saibhreas sin a bhailiú agus a chaomhnú, ach thuig sé freisin an tábhacht a bhain lena chur i gcló agus gan é a fhágáil ar na seilfeanna san áit nach bhfeicfeadh é ach corrdhuine anseo agus ansiúd. Is é is mó a rinne ábhar béaloidis as Gaeilge a chur ar fáil do mhuintir na hÉireann sa mheán cumarsáide ba thábhachtaí ag an am, mar atá, nuachtáin náisiúnta Bhéarla.

Cúrsaí Ceardaíochta

Fear an-deisiúil ba ea Domhnall agus bhí an-suim sa gceardaíocht aige. D'éirigh leis aithne a chur ar cheardaí den scoth Pádraig Ó hUaithnín, as Dubh-Ithir i gCarna agus bhailigh sé go leor eolais uaidh faoi shiúinéireacht. D'fhoilsigh sé an t-eolas a thug Pádraig dó chomh maith le haistí a scríobh sé féin faoi shiúinéireacht san *Irish Weekly Independent*, i 1935 faoi na teidil 'Seanchas Siúinéireachta'[44] agus 'Seanchas na gCeard'.[45]

Chuir sé aistí i gcló san *Irish Weekly Independent* i 1936 chomh maith faoi obair an ghréasaí agus obair an táilliúra, an modh oibre a bhíodh acu agus na huirlisí a bhíodh in úsáid acu. Is léir go raibh meas ar leith aige ar an bhfear ceirde agus léirigh sé é sin in aiste eile a chuir sé i gcló faoin teideal 'Uaisleacht Lámh Oibre'.

Thuig Domhnall an tábhacht a bhain leis an gceird i saol na ndaoine agus thuig sé freisin go dtiocfadh an lá nach mbeadh na ceirdeanna seo ann níos mó. Bhí sé go mór ar son na gceirdeanna agus na n-uirlísí a bhain le saol na ndaoine agus lena gcultúr a chaomhnú agus mura ndéanfaí é sin go dtiocfadh deireadh leo. Rinne sé staidéar ar an gcaoi a raibh an obair seo á déanamh i dtíortha eile. I dtús mhí an Mheithimh 1936 chuaigh sé go Copenhagen chun staidéar a déanamh ar Mhúsaem Cultúrtha a bhí ansin. Choinnigh sé dialann faoin turas a thug sé agus ar na háiteanna éagsúla ar thug sé cuairt orthu agus ar gach a bhfaca sé sna háiteanna le linn a thurais. D'fhéadfá a rá gur staidéar a bhí ann ar an gcaoi a raibh seansaol na ndaoine agus na modhanna oibre a bhíodh in úsáid acu caomhnaithe acu sa Mhúsaem Cultúrtha ansin.

Thóg sé go leor grianghraf chomh maith de na háiteacha agus de na Músaeim éagsúla ar thug sé cuairt orthu. Bhí sé an-bhuartha tráth nach raibh tada á dhéanamh in Éirinn ó thaobh saol agus cultúr na ndaoine a chaomhnú. Chuir sé alt i gcló san *Irish Independent* i mí Dheireadh Fómhair 1938 faoin gceist seo.[46] Chuir roinnt eile scríbhneoirí cáiliúla altanna i gcló faoin ábhar céanna an t-am sin.

Léann na Gaeilge

Mar dhuine ag obair sa Stát úr dúchasach agus mar oide múinte, thuig sé an tábhacht a bhain le léann, stair, litríocht, teanga agus gluaiseacht na Gaeilge a chur os comhair na ndaoine. I gcaitheamh na mblianta ar na nuachtáin Bhéarla mar sin, d'fhéach sé le bearnaí eolais sna réimsí sin a líonadh.[47]

Ábhar Oideachasúil

Mar mhúinteoir agus mar fhear léinn freisin thuig Domhnall an tábhacht a bhain le hábhar oideachasúil a chur ar fáil do mhic léinn agus do dhuine ar bith a raibh spéis aige nó aici san oideachas. Ina chuid aistí 'Tíortha i gCéin' chuir sé síos go mion ar thíortha an domhain, ar Mhór-Roinn na hEorpa, na hÁise agus na hAfraice. Rinne sé cur síos spéisiúil ar shuíomh na dtíortha sna Mór-Ranna sin, ar na haibhneacha, na lochanna, na sléibhte, na machairí agus eile a bhí iontu agus ar shlí mhaireachtála na ndaoine chomh maith leis na daoine féin. Chuir sé síos chomh maith ar aeráid na dtíortha agus an déantúsaíocht dá mba ann di. Chuir sé aistí spéisiúla eile i gcló faoin Éigipt, na Pirimid atá ann agus an chaoi ar mhair na daoine ansin na mílte bliain roimh aimsir Chríost. Foilsíodh na haistí seo ar fad san *Irish Weekly Independent*, sna tríochaidí agus sna daichidí.

Gnáthiriseoireacht

Chuir sé aistí eile i gcló faoi éanacha éagsúla, éanacha aeir agus farraige. Luaigh sé a gcuid ainmneacha ar fad i nGaeilge agus rinne sé cur síos ar na nósanna a bhí ag gach aon cheann acu. Is léir óna shaothar go raibh an-staidéar déanta aige orthu. Dúirt sé i gceann de na haistí 'go mba treise dúchas na n-éan ná oiliúint na ndaoine'. Bhain sé úsáid as roinnt mhaith seanfhocal ina chuid aistí.

Rinne sé cur síos ar bhia cladaigh, cosúil leis an gcarraigín, an creathnach agus an sleamhcán agus ar an gcaoi a mbaintí é agus a dtriomaítí an carraigín agus an creathnach. Bhí tábhacht ar leith ag baint leis na mbia seo ar mhaithe le sláinte. Bhaineadh go leor daoine úsáid as an gcarraigín fadó nuair a bhídís tinn.

Chuir sé aistí spéisiúla i gcló faoi bhláthanna éagsúla. Bhí ainm na mbláthanna i nGaeilge agus i mBéarla aige. Léirigh sé spéis ar leith don nádúr agus luaigh sé ina chuid aistí faoin tábhacht a bhain le ham saor a thógáil agus siúl amach faoin tuath agus an tsíocháin agus an nádúr a shú isteach i do cholainn.

Chuir Domhnall aistí i gcló in irisí éagsúla. Chuir sé aiste ar a dtug sé 'Súiloideas' i gcló in *Iris na hOllscoile, Gaillimh,* 1950-1951.[48] Cur síos a bhí san aiste sin ar an gcaoi a bhfoghlaimíonn an páiste nó an mac léinn ceachtanna nuair a chuirtear os a gcomhair amach iad ar an gclár dubh nó trí laindéar draíochta nó Diascóip mar a thug sé air. Dúirt sé go mba chéim mhór ar aghaidh, nuair a tosaíodh ar ghrianghraif a chur ar shleamhnán agus lampa leictreach a chur ag obair air. Bhí gléas eile ann a dtugtaí an Eidiscóip air agus ar deireadh bhíodh an Eidiscóip agus an Diascóip i dteannta a chéile in aon mheaisín amháin. Ba iad sin na gnáthghléasanna a bhí in úsáid le haghaidh súiloidis sa rang.

Chuir sé aistí éagsúla i gcló sna hirisí *Biatas*[49] agus *Muintir na Tíre*.[50] Chuir sé aistí Béarla i gcló sna hirisí sin faoin ainm cleite Peadar O'Connor. Scríobh sé faoin gcaoi le haire a thabairt d'uirlisí siúinéireachta agus chuir sé léaráidí leis an aiste. Bhí an aiste sin i gcló aige san iris *Muintir na Tíre*. Chuir sé aiste faoin gcaoi le dabhach coincréit a dhéanamh i gcló in *Biatas*.

Leabhrán

D'fhoilsigh sé leabhrán faoi Naomh Mobhí i 1930. Eolas faoi shaol an naoimh a bhí sa leabhrán inar léirigh sé a spéis i stair agus in imeachtaí na hEaglaise. Ba é Naomh Mobhí patrún Ghlas Naíon san áit ar chaith Domhnall formhór a shaoil.

Grianghraif

Is léir gur thóg Domhnall go leor grianghraf d'áiteacha éagsúla a mbíodh sé ag tabhairt cuairt orthu. Bhronn a mhac, Cian Ó Cearbhaill ar Roinn an Bhéaloidis, An Coláiste Ollscoile, Baile Átha Cliath, iad. Tuairim is 106 ceann ar fad atá i gceist.

Is léir ón méid a rinne Domhnall agus ón méid a shiúil sé agus a scríobh sé nach raibh aon leisce ag baint leis. Léirigh sé a spéis sa saol agus sna daoine ar bhuail sé leo i rith a shaoil agus chuir sé síos go beacht ar gach a bhfaca sé agus ar chuala sé agus ar shiúil sé. Bhí féith an scríbhneora go smior ann. Ar ndóigh níl san anailís seo ach cuntas gearr ar a chuid scríbhneoireachta agus ar a shaothar.

Tá ardmholadh tuillte ag Domhnall mar scríbhneoir, mar mhúinteoir, mar fhear léinn agus mar dhuine a rinne a chion féin ar son a thíre agus a teanga. Tá sé thar am a ainm agus a shaothar a chur os comhair an phobail, pobal na Gaeilge ach go háirithe. Tá a shaothar i bhfad róluachmhar le go bhfágfaí é i mboscaí nó ar na seilfeanna. Ba é sin a theastódh uaidh féin freisin, mar níor chreid sé go mba chóir rudaí a fhágáil i leaba an dearmaid. Chuir sé féin gach ar scríobh sé os comhair an tsaoil sna fichidí, sna tríochaidí agus sna daichidí. Tá sé féin agus an ghlúin daoine sin imithe ar shlí na fírinne ach tá lorg a gcuid peann beo agus le hómós dó caithfear é a choinneáil beo agus a chur os comhair an tsaoil arís. Tá sé thar am an obair seo a dhéanamh ach is dócha gur fearr go deireanach ná go brách.

Bhí Carna gortha riamh as a chuid seanchaithe agus amhránánaithe, mar a aithníodh go forleathan le cian d'aimsir.[51] Dúirt Séamus Ó Duilearga tráth, agus bheadh aird ar a bharúil siúd, go raibh sé ar cheann de na ceantair ba shaibhre béaloideas sa tír ar fad. Ba mhór an teist í sin ar an áit gan amhras agus bhí neart seanchaithe a bhain leis an cheantar a thuill meas ar leith mar sheanchaithe. Orthu sin bhí Pádraic Mac Con Iomaire. Bhain Pádraic cuid mhór duaiseanna logánta ag feiseanna éagsúla agus duaiseanna náisiúnta ag an Oireachtas i mbun scéalaíochta, agus is iomaí scoláire béaloidis agus teangeolaíochta a tharraing air i rith a shaoil ag tóraíocht a chuid seanchais agus Gaeilge. Bhailigh Liam Ó Coisdealbha idir 300 agus 350 scéal ó Phádraic Mac Con Iomaire agus dúirt an tOllamh Séamus Ó Duilearga go raibh Pádraic ar dhuine de na seanchaithe ab fhearr a mhair riamh i gCúige Chonnacht.[52]

Bhain Pádraic Mac Con Iomaire amach dhá chéimíocht nár bhain aon seanchaí Gaeilge eile amach go bhfios dom. Mar rud amháin, roghnaigh Heinrich Wagner é mar fhaisnéiseoir do chanúint Charna le haghaidh an *Linguistic Atlas and Survey of Irish Dialects* agus bhailigh sé agus chuir i gcló cuid dá chuid seanchais le linn dó a bheith ag tarraingt air agus a chuid taighde i gcomhair an *Atlas* idir lámha aige. Rud eile, foilsíodh moll mór de sheanchas Phádraic ar nuachtáin náisiúnta Bhéarla, rud a chinntigh pobal léitheoireachta mór dó.

Ó tharla a leithéid de cháil air, ní miste breathnú ar chuntas a thug sé ar a shaol le go dtuigfear an saol as ar fáisceadh é.

Agus mé ag Tíocht Suas[53]

Pádraic Mac Con Iomaire

Bhí teach ag m'athair ar bhruach na farraige agus ins an am a rugadh mise sa mbliain 1869 bhí taoille mhór ann ar feadh trí lá. Níor tháinig a leithéid de thaoille riamh ó shin. Bhí an taoille chomh mór is go gcuala mé go minic mo mháthair á rá, an leaba a raibh sí ina luí uirthi, go raibh an t-uisce ag tíocht aníos ar an urlár fúithi, agus gur cuireadh an tine a bhí ar an teallach, gur cuireadh i bpota í i riocht is nach gcuirfeadh an taoille as í. Ba tús earraigh a bhí ann.

Bhí an aimsir ag dul thart nó go raibh an sagart ag teacht le faoistin tríd na bailteacha ar fud an phobail agus tháinig sé le faoistin is Aifreann i dteach m'athar is mo mháthar. Ní raibh mé ach dhá bhliain is sé seachtaine d'aois, agus tá cuimhne agam ó shin ar an lá a raibh an sagart ins an teach.

Is é an chaoi ar cuireadh i gcuimhne dom é, cheap mé nach raibh rud ar bith ba dheise agus ba bhreátha ná an chulaith a bhí ar an sagart nuair a bhí sé ag léamh an Aifrinn, agus na brandaí a bhí taobh thiar ar a dhroim. Bhí mé ag iarraidh mo mhéaranna a leagan ar na brandaí deasa agus an-spórt agam iontu. Ach bhí mo mháthair ag bagairt orm – níor mhaith léi mé a bheith ag dul faoi chosa an tsagairt.

Bhí an aimsir á caitheamh agus bhí mé timpeall agus sé bliana nó mar sin nuair a cuireadh ar scoil mé an chéad lá riamh. Ní raibh bríste ná stoca ná bróg orm ins an am sin. Séard a bhí orm cóta bán bréidín, *jacket*ín beag d'éadach ghlas.

Is é an sórt máistir a bhí ann Scoláire Bocht. Bhí sé i dteach comhgarach don áit. Bhí gasúir ag fear an tí seo agus ba mhaith leis scoil a thabhairt dá chlainn féin. Choinnigh sé an máistir scoile ar feadh cúpla mí.

Is é an sórt leabhar a bhí ar bun an t-am sin leabhra beaga a dtugaidís Priméara[54] orthu, ach léir[55] mar a bhíodh na scoláirí ag feabhsú agus ag tíocht in eolas ar an léann bhíodar ag fáil leabhar nua.

Is é an chaoi a mbíodh an máistir á íoc ag na scoláirí. Na páistí óga, bhí scilling sa ráithe orthu, agus léir mar a bheidís ag ardú sa léann bhí an t-airgead ag méadú dá réir go mbeadh sé suas go dtí coróin.

Bhí gasúr mac ag an gcomharsa a raibh an máistir ina theach, agus timpeall agus comhaois mé féin agus é féin. Bhí an gasúr lá in éineacht le uncal dó ar chairt agus thit sé amach ar an mbóthar agus briseadh a mhuineál agus fuair sé bás. D'imigh an máistir scoile as an teach agus ní fhaca mé aon lá ina dhiaidh sin é. Bhí mise bliain gan dul chuig scoil ar bith go dtáinig máistir scoile go Carna.

Seanfhear beag a bhí ann agus bhí cruit air an áit ar briseadh a dhroim agus é ina stócach. D'fhás cruit san spota ar briseadh cnámh a dhroma. Mar sin féin, máistrín maith a bhí ann. Bhí sé lách croíúil leis na scoláirí. Bhí cailín beag d'inín in éineacht leis. Bhí sé ina bhaintreach agus ní raibh de chúram air ach aon iníon amháin.

An t-am a raibh mé ag dul ar scoil bhí an-cháin le déanamh ar ghasúr ar bith a labhródh aon fhocal Gaeilge ag an scoil nó dá bhfaighfí amach go labhródh sé aon fhocal Gaeilge ag tíocht abhaile dó nó go dtéadh sé chuig an scoil lá arna mhárach, bhí sreangán faoina mhuineál aige agus cipín ceangailte de agus níl aon fhocal Gaeilge a labhródh an gasúr sa mbaile nach dtarraingeofaí[56] stríoc le sciain ins an gcipín i riocht is go mbeadh a fhios ag an máistir nuair a bhreathnódh sé ar an gcipín faoi gach focal Gaeilge a labhródh an gasúr ó d'fhág sé an scoil. Agus níl aon stríoc acu sin dá mbeadh gearrtha sa gcipín nach mbuailfeadh an máistir *slap* sa láimh ar an ngasúr.[57] Sin nó é a chur ar dhroim gasúir eile agus a bhríste a scaoileadh de – dá mbeadh bríste air – agus an oiread seo buillí a bhualadh aniar air. Bhí dearg-ghráin ag na máistrí ins an am focal Gaeilge a chloisteáil chor ar bith. Má bhí Gaeilge ag an máistir seo níor chuala mé riamh é ag labhairt aon fhocal Gaeilge. Ach is é mo bharúil nach raibh Gaeilge aige.

Nuair a bhíodh muidne tagtha abhaile ón scoil, is í an Ghaeilge a labhraíodh an t-athair is an mháthair linn i gcónaí, ach theastódh go mbeadh na stríocracha á dtarraingt ar na cipíní. B'fhéidir nach mar gheall ar labhairt na Gaeilge chor ar bith a tharraingeofaí na stríocracha ach faoi rudaí áiride eile, faoi phointí díchéille a dhéanfadh muid ó mhaidin go faoithin.

Bhíodh scéalta agus seanchas go leor ag an athair á n-inseacht dúinn nuair a d'fhanadh muid sa mbaile, nó ag an máthair faoi chuile shórt a bhí ann lena linn féin agus chuile shórt a bhain le daoine le onóir a shaothrú leis an deis mhaireachtála a bhí acu. Bhíodh seanchas agus caint ar chuile ní. Bhí na fataí is an t-arbhar le cur agus caoi le cur orthu, agus bhíodh na gasúir á gcur ag obair le nithe áiride nach gcuirfeadh mórán anró orthu roimh am scoile agus ina dhiaidh.

Bhí na comharsannaí ins an am sin bhíodar gnaíúil feiliúnach dá chéile, iad ag tíocht isteach is amach chuig a chéile nuair a bhíodh laethanta ann nach mbíodh mórán le déanamh acu, laethanta báistí agus oícheanta geimhridh.

Bhíodh seanfhear an tí ag inseacht scéalta Fiannaíochta, nó d'insíodh sé píosa breá cainte faoi rud éigin a chuala sé féin nuair a bhí sé ag tíocht suas ina óige ó sheanfhear a bhí ann ins an am sin, mar bhíodh an seanchas ag tíocht ó ghlúin go glúin is ó bhéal go béal ó thús aimsire, agus ó na seandaoine a bhí muid ag fáil na dtuairiscí uilig ar chuile shórt a bhain don tír is a bhain do na daoine. Nuair a bhí mise in mo ghasúr bhíodh meas mór ar sheanfhear a bheadh ina chainteoir staidéarach ar an aimsir a bhí caite agus an aimsir a chonaic sé lena linn féin.

Suas le leithchéad bliain ó shin bhíodh na fir gléasta le héadach a dtugaidís culaith ghearr ghorm air, hata ard a dtugaidís carailín air, bríste gearr go dtína nglúin, stocaí fada agus cóta gearr. Ní bhíodh an cóta ag dul níos íochtaraí ná beagán thar a gcorróga. Bhíodh naipcín síoda faoina muineál agus cuachóg a dtugaidís carabhat air. Ní bhíodh na fir gléasta i gceart gan an chulaith sin a bheith orthu ag dul chun an Aifrinn, chun aonaigh nó patrúin.

In áit ar bith a mbeadh cruinniú, fear nach mbeadh culaith ghearr ghorm air, ní bhíodh meas mór air. Bhíodh maide draighin altach géar ina láimh aige dá dtagadh troid air le cur de.

Leithchéad bliain ó shin nó dhá scór níl mórán ban ins an áit seo nár mhaith léi raca cúil lena gruaig. Bhíodh an raca mór ard ar chúl a gcinn acu, ag coinneáil a gcuid gruaige gan a bheith ag corraí ná ag fuadach nuair a shiúlaidís amach lá a mbeadh gaoth ann. Níodh fir na racaí le hadharca bó. Ghearraidís an barr den adhairc agus bhogaidís í in uisce te i riocht is go leathnaídís í cúig orlaí nó mar sin ar leithead.

Bhíodh an-spórt ag na mná óga leis na racaí seo nuair a ghabhaidís chuig an Aifreann maidin Dé Domhnaigh. Cheapaidís go mbreathnaíodh an raca seo an-deas is go mba mhór an slacht ar bhean óg a leithéid lena cúl gruaige.

Ní raibh dlí ná clampar idir na daoine agus mé ag tíocht suas ach bhí na daoine bocht go maith, agus bhí drochthiarnaí talún ins an tír a bhí á gcur i dteannta agus á robáil agus ag baint ardchíos díobh, agus ag cur costais orthu mura mbeadh an cíos íoctha acu san bpointe a mbeadh sé dlite. Bhí próis le tabhairt orthu ag an *agent* a bhí ag an tiarna, agus bhí an oiread seo costais le n-íoc acu ina dhiaidh sin agus, mura mbeadh an costas íoctha faoi cheann cúpla mí nó trí, bhí sirriam le tíocht orthu agus iad a dhíbirt amach as an teach agus as an talamh. Bhí an dlí chomh dona ins an am sin ag na tiarnaí talún agus mura mbeadh cíos bliana íoctha agat nuair a bheadh sé rite suas bhí próis faighte siúrálta agat le thú a chur amach as do dhúchas is as do theach.

Bhí m'athair, bhí sé ina fhear mór agus bhí sé ina fhear feiliúnach lena chlainn is lena bhean agus lena chomharsannaí. Bhí sé ina fhear maith oibre i dtaobh a bheatha a shaothrú le obair talún agus le obair farraige. Bhí mo mháthair chomh maith le bean ar bith ins an áit timpeall uirthi le clann a thógáil go maith agus a gcuid éadaigh a dhéanamh is a shocrú mar a d'fheilfeadh sé do ghasúir na háite. Bhí sí in ann an bréidín a dhéanamh le haghaidh clúdach a gasúr, oíche agus lá á shníomh is á chardáil, agus chuile shórt i dtaobh bídh agus éadach agus a d'fhéadfadh bean ar bith é.

Ní raibh scoil ná foghlaim ag m'athair ná ag mo mháthair ná ag mo sheanathair. Seanathair m'athar chuala mé go raibh sé ina fhear foghlamtha agus ina scoláire mhaith ach, má bhí féin, níor bhain sé aon bheatha as a chuid foghlama mar ní raibh sé éasca ag aon duine dá raibh ar a chreideamh san am a raibh sé ina fhear óg aon mhaireachtáil a bhaint as a chuid léinn ins an bpáirt seo den tír.

Is mar sin a bhí an saol thart anseo agus mé ag tíocht suas. D'éirigh mé ó scoil timpeall bliain déag d'aois. Coinníodh ón scoil uilig mé agus cuireadh an láí in mo láimh. B'éigean dom dul ag obair, agus ní raibh mé ach lag, ag cur arbhair is fataí agus torthaí chomh maith is a bhí mé in ann nó go raibh mé in ann cion fir a sheasamh in áit ar bith a ngabhainn ag obair.

Stair Fhabhalscéalta Aesóip

Ríona Nic Congáil

San fhichiú haois a tháinig borradh faoi Fhabhalscéalta Aesóip sa Ghaeilge, agus as na leaganacha ar fad a foilsíodh go dtí seo, is é leagan Phádraic Mhic Con Iomaire, arna mbreacadh síos ag Domhnall Ó Cearbhaill, an ceann is dúchasaí de bharr na dtagairtí cultúrtha is sóisialta a thagann chun solais ann. Ach sa bhliain 1900, tuairim is daichead bliain sular foilsíodh an leagan úd i nGaeilge Chonamara, tháinig rath ar Fhabhalscéalta Aesóip nuair a d'aistrigh an tAthair Peadar Ua Laoghaire go Gaeilge iad, mar chuid den tsraith 'Leighean Éireann,' curtha in eagar ag Norma Borthwick. Ag an tráth sin, bhí coincheap na litríochta do pháistí sa Ghaeilge ag eascairt den chéad uair.[58] Cé go raibh an-tóir ar an litríocht do pháistí i Sasana sa ré Victeoiriach, le Maria Edgeworth agus Oscar Wilde i measc na n-údar aitheanta, níor foilsíodh aon litríocht do pháistí sa Ghaeilge sa naoú haois déag, agus níor tugadh mórán airde uirthi go dtí an bhliain 1907 nuair a foilsíodh *Íosagán agus Sgéalta Eile* ó pheann an Phiarsaigh.[59] Rud úrnua a bhí sa leagan dátheangach de na fabhalscéalta a chuir an tAthair Ua Laoghaire i gcló, mar sin. Moladh go hard é agus mheas iriseoir an *United Irishman* go mbeadh 'an immediate sale and a permanent popularity' ag baint leis an leagan seo de 'the famous Greek's views of life,' inste i nGaeilge na Mumhan.[60] Glacadh leis go mbeadh a leithéid d'fhoilseachán tarraingteach do dhaoine a bhí gafa leis an náisiúnachas cultúrtha óir bhí an Ghaeilge á foghlaim ag go leor acu siúd, agus bhí siad á múineadh dá bpáistí ar mhaithe le féiniúlacht dhúchasach a chruthú agus a chothú.

Bhí aitheantas bainte amach ag an Athair Ua Laoghaire faoin tráth sin mar dhíograiseoir na litríochta béil, an cineál litríochta a bhain le cultúir íochtaracha le fada, mar thosaigh sé ag foilsiú a mhórshaothair *Séadna*, bunaithe ar 'c[h]aint na ndaoine' in *Irisleabhar na Gaedhilge* sa bhliain 1894.[61] Agus é mar shagart Caitliceach agus oideachasóir, caithfidh gur ghlac sé le ciall cheannaithe agus moráltacht Fhabhalscéalta Aesóip mar mhodh éifeachtach chun teagasc na Críostaíochta a chur chun cinn i measc na nGael.[62] Mar sin féin, níor tharraing an tAthair Ua Laoghaire aird ar an ngné sin de na fabhalscéalta ina réamhrá. Ina áit sin, thug sé cur síos simplí agus éiginnte ar bheatha Aesóip:

> Gréagach dob' eadh Aesop. Rugadh é tímpal sé cheud bliadhain roimh Chríost. Daor dob' eadh é. Do mhair sé le línn Sólóin, an t-ollamh dlíghe ba mhó d'á raibh ar Ghreugaibh. D'ínseadh sé na Fabhail mar sholuídí, chum cómhairle a leasa thabhairt do ríghthibh agus do chómhachtaibh na h-aimsire sin. Táid na Fabhail cheudna d'á n-ínsint ó shoin anuas i dteangthachaibh agus i n-urlabhraibh an domhain.[63]

Is léir ón méid thuas nach raibh, agus nach bhfuil, mórán ar eolas againn faoi bheatha Aesóip sa tSean-Ghréig; dá dheasca sin, tá cruth an fhabhalscéil tagtha ar scéal a bheathasan, díreach cosúil leis na scéalta a chum sé. Síltear gur rugadh Aesóp sa séú haois roimh Chríost áit éigin in Impireacht na Gréige, go raibh sé ina sclábhaí anchruthach, agus go raibh beirt mháistrí aige, mar atá, Xanthus agus ansin Iadmon, a lig saor é mar gheall ar a éirim aigne.[64] Cé nach bhfuil fianaise chruinn againn i dtaobh shaol Aesóip, tá go leor eolais ar fáil faoin gcaoi ar athscríobhadh, ar aistríodh agus ar cuireadh Fabhalscéalta Aesóip ar aghaidh ó ghlúin go glúin san Eoraip. Is seánra iontu féin iad Fabhalscéalta Aesóip i litríocht an Iarthair agus tá a lorg fós le feiceáil ar chreidimh is ar chúrsaí moráltachta na ndaoine ann.

Leathnaigh cáil Aesóip ar fud na Sean-Ghréige lena linn, agus rinneadh áibhéil ar a shaol, mar a bheadh carachtar miotasach ann. Mar a thug Willis L. Parker le fios i leagan d'Fhabhalscéalta Aesóip, *The Fables of Aesop*, a foilsíodh i Nua-Eabhrac sa bhliain 1933: 'Aesop was such a strong personality that his contemporaries credited him with every fable ever before heard, and his successors with every fable ever told since.'[65] Go grod i ndiaidh bhás Aesóip, bhí a fhabhalscéalta mar chuid lárnach den chóras oideachais agus den chultúr sa Ghréig.[66] Léiríonn comhrá sa leabhar *Phaedo*, scríofa ag an bhfealsúnaí Gréagach Plato faoi bhás a oide Socrates, tábhacht Aesóip sa tsochaí sin. Níor léirigh Socrates go raibh féith na filíochta ann roimhe sin, ach ceann de na rudaí deireanacha a rinne sé sula bhfuair sé bás ná filíocht a dhéanamh as fabhalscéalta próis Aesóip: 'I took some fables of Aesop, which I had ready at hand and which I knew – they were the first I came upon – and turned them into verse.'[67] Tugann an ráiteas seo le fios go raibh ról lárnach ag Fabhalscéalta Aesóip i gcultúr na Sean-Ghréige agus go raibh leaganacha scríofa agus béil d'Fhabhalscéalta Aesóip ar fáil sa cheathrú haois roimh Chríost.

Bheartaigh Socrates Fabhalscéalta Aesóip a mhúnlú i bhfoirm filíochta nuair a bhí sé ag treabhadh an iomaire fhada, ach sna céadta a bhí le teacht, chaith scoláirí eile fearacht Babrius agus Phaedrus go leor ama ag bailiú agus ag cumadh véarsaí bunaithe ar fhabhalscéalta próis Aesóip. Scríobh Babrius a leaganacha sa Ghréigis agus chum Phaedrus a chuid filíochta sa Laidin agus d'éirigh leo Fabhalscéalta Aesóip a chur chun cinn go forleathan agus cruth nua orthu. De réir an chriticeora Seth Lerer, bhí toradh an-tábhachtach ar obair na bhfilí seo:

> They transformed the Aesopic fables into a collection of unified stories, each with a certain moral point or literary interpretation. In their hands, the fables moved from a freestanding, popular form of applicable folk wisdom into a systematic body of literature.[68]

Cé go ndearna filí agus scoláirí eile iarracht an litríocht nua seo bunaithe ar Fhabhalscéalta Aesóip a thabhairt chun foirfeachta le himeacht aimsire, bhí leaganacha scaoilte de na fabhalscéalta fós mar chuid den litríocht bhéil san Eoraip.

Sna Meánaoiseanna, cruthaíodh, athchóiríodh agus aistríodh leaganacha d'Fhabhalscéalta Aesóip ón Laidin go teangacha éagsúla na hEorpa. Mar léiriú air seo, chum an file Francach 'Marie de France,' a mhair sa dara haois déag, véarsaí sa Fhraincis ar ar thug sí *Ysopet*, nó 'Aesóp Beag,' a bhain go dlúth le Fabhalscéalta Aesóip.[69] Lean scríbhneoirí Francacha ar nós Gilles Corrozet, Guillaume Gueroult agus Philibert Hegemon a heiseamláir, ag cur go leor leaganacha de na fabhalscéalta ar fáil do lucht léitheoireachta na Fraince, agus chuidigh an clóphreas go mór le leathnú na bhfabhalscéalta sa tréimhse sin.[70] Nuair a chruthaigh Johannes Gutenberg an clóphreas sa Ghearmáin i lár an chúigiú haois déag, bhí leaganacha iomadúla d'Fhabhalscéalta Aesóip i measc na leabhar ba luaithe a cuireadh i gcló i dteangacha na hEorpa. Chuir siad sin seanoidhreacht liteartha agus treoir mhorálta chun cinn go forleathan, agus samplaí a bhí iontu d'fhoirm ealaíne úr.[71] Faoin tráth seo, bhí moráltacht na Críostaíochta fite fuaite i gcarachtair na bhfabhalscéalta; d'aistrigh Martin Luther fiche ceann de na fabhalscéalta go Gearmáinis agus, mar a áitíonn Lillie Mae Chipman, bhí an-tóir ar Fhabhalscéalta Aesóip i measc phobal na hEorpa toisc gur bhain ceannairí an Reifirméisin úsáid astu 'as vehicles for satire and protest.'[72]

Nuair a bhí Jean de La Fontaine, an file cáiliúil Francach, beo beathach sa seachtú haois déag, bhí sé in ann teacht ar sheanleaganacha agus leaganacha comhaimseartha d'Fhabhalscéalta Aesóip, agus tháinig sé faoi thionchar véarsaí Laidine Phaedrus chomh maith le véarsaí a réamhtheachtaithe sa Fhrainc. Fearacht Phaedrus, bhain La Fontaine úsáid as teanga shainiúil, ghlan, ornáideach fiú, ina leaganacha fileata d'Fhabhalscéalta Aesóip. I dtaobh na teanga seo, áitíonn Breandán Ó Doibhlin gur thaitin sí leis an bpobal mar: 'san áit a raibh friotal galánta ag filí na linne, níor leasc leis-sean gnáthchaint a úsáid [...] nó a mheascadh le caint ardnósach ar son grinn.'[73] Tá difríochtaí fíneálta eile idir Fabhalscéalta Aesóip agus Fabhalscéalta La Fontaine; mar shampla, in 'La Cigale et La Fourmi/An Píobaire Fraoigh agus an Seangán,' tá na carachtair a chruthaigh La Fontaine níos glice agus níos neamhcharthanaí ná mar atá siad i leaganacha ársa d'Fhabhalscéalta Aesóip.[74]

Cé go bhfuil dianstaidéar déanta ag glúine de pháistí scoile na Fraince ar fhealsúnacht Aesóip, trí véarsaí La Fontaine, níor mheas an lucht liteartha ar fad sa tír sin go raibh Fabhalscéalta Aesóip oiriúnach do pháistí óga. Sa leabhar *Émile,* a scríobh Jean-Jacques Rousseau faoi pháiste samhlaíoch, d'áitigh sé go raibh *Robinson Crusoe* ní b'oiriúnaí do pháistí a linne ná mar a bhí Fabhalscéalta Aesóip mar mheas sé go mbainfeadh páistí saonta míchiall as teagasc na bhfabhalscéalta.[75] In ainneoin tuairimí den chineál sin, foilsíodh leaganacha d'Fhabhalscéalta Aesóip go rialta ón ochtú haois déag go dtí tús an fhichiú haois. Cé go raibh cuid acu fós dírithe ar dhaoine fásta, bhí an litríocht do pháistí ag teacht faoi bhláth faoin am seo, neamhspleách ar an litríocht do dhaoine fásta.[76] Ag deireadh an naoú haois déag, cruthaíodh canóin litríochta do pháistí agus bhí ainmhithe cainteacha le feiceáil go rímhinic mar charachtair na scéalta ó *Black Beauty* go *The Tales of Peter Rabbit.* D'fhéadfaí a rá go raibh Fabhalscéalta Aesóip, a bhí breac le hainmhithe ón gcéad lá riamh, mar fhoinse inspioráide ag cuid mhaith de na scéalta do pháistí sa naoú haois déag ach go háirithe.

Tá difríocht idir stair Fhabhalscéalta Aesóip sa Ghaeilge agus i dteangacha eile na hEorpa sa mhéid is gur cuireadh na fabhalscéalta seo ar fáil sa Ghaeilge den chéad uair nuair a bhí an athbheochan ag bailiú nirt, na céadta bliain i ndiaidh na dteangacha eile. Ba iad na nuachtáin agus na hirisleabhair príomhuirlisí bolscaireachta na hathbheochana, agus ina measc siúd, bhí *An Gaodhal* i Nua-Eabhrac ar thús cadhnaíochta, óir foilsíodh cúpla leagan Gaeilge d'Fhabhalscéalta Aesóip sa chéad eagrán den iris sa bhliain 1881, agus foilsíodh iad go rialta as sin amach.[77] Ábhar do mhic léinn ag foghlaim na teanga a bhí sna scéalta úd, a thabharfadh an deis dóibh 'to exercise their linguistic capabilities.'[78] Ach de réir mar a d'fhás gluaiseacht an náisiúnachais chultúrtha in Éirinn, cuireadh cruth náisiúnaíoch ar na fabhalscéalta, agus míníodh iad i dtéarmaí an náisiúnachais. Sa scéal 'An tIolrach agus an Saighead,' a foilsíodh in *An Gaodhal* sa bhliain 1889, maraítear an t-iolrach le saighead ach sula bhfaigheann sé bás, feiceann sé go bhfuil ceann dá chleití féin ag bun na saighde, mar chuid den uirlis a chuir chun báis é. An ceacht a leanann an scéal seo go hiondúil ná go dtugann daoine an deis dá naimhde iad a ghortú dá n-ainneoin. Ach feictear ceacht an-éagsúil a bhaineann le cúrsaí teanga in *An Gaodhal*:

> The moral of this Fable comes home directly to those Irishmen who supply England with, and use, the weapon to destroy their own Nationality. The Irishman who does nothing to preserve his language, the life-blood of the Nation, is a deeper dyed traitor to his country than a Corridon or a Carey. The Careys would sacrifice a few individual lives to secure their personal freedom: he sacrifices the life of his Nation. This comes hard on our 'prominent Irish Nationalists,' but let them, if they can, controvert the truism emphasized in the agonies of death by the noble subject of the Fable! In view of the fact that the Irish leaders are smart, intelligent men, their neglect of the foundation of their nationality, their language, seems to put them on a par with the ordinary politician – self-seeking.[79]

Cé nár chuala Aesóp féin trácht ar 'Corridon' ná 'Carey' ná coincheap an náisiúin nuair a bhí sé beo beathach, is léir ón méid thuas gur féidir Fabhalscéalta Aesóip a mhúnlú chun gach sórt idé-eolaíochta a chur chun cinn, ó idé-eolaíocht na Críostaíochta go hidé-eolaíocht an náisiúnachais chultúrtha.

Lean *United Ireland*, nuachtán C.S. Parnell, agus *Irisleabhar na Gaedhilge* cur chuige *An Gaodhal* agus iad ag foilsiú cuid d'Fhabhalscéalta Aesóip ar bhonn leanúnach.[80] Ba é an tAthair Peadar Ua Laoghaire a d'aistrigh roinnt fabhalscéalta d'*Irisleabhar na Gaedhilge* agus bhí siad bunaithe ar véarsaí a d'fhoilsigh an tOirmhinneach John Nolan sa bhliain 1897.[81] Nuair a cuireadh leaganacha an Athar Uí Laoghaire i gcló i bhfoirm leabhair áfach, sa bhliain 1900, agus ina dhiaidh sin i bhfoirm sraithe sa *Dundalk Democrat*, tháinig borradh faoi Fhabhalscéalta Aesóip in Éirinn, as Gaeilge agus as Béarla.[82] Foilsíodh leaganacha éagsúla i nuachtáin náisiúnaíocha ar nós *Sinn Féin* ag tús an fhichiú haois;[83] ina theannta sin, foilsíodh iad i bhfoirm leabhar, ó *Fabhail-Scéalta ó Aesop* le Seán Óg Ó Caomhánaigh, a scríobhadh do pháistí, go *Fabhalscéalta La Fontaine* le Breandán Ó Doibhlin, do dhaoine fásta, go *Fabhalscéalta Aesóip*, leagan nua do pháistí scríofa ag Liam Mac Cóil agus maisithe ag Carol Watson. Is léir go bhfuil ardmheas ag aistritheoirí na Gaeilge ar Fhabhalscéalta Aesóip le breis is céad bliain anuas, ach má tá, tá urraim ag filí d'Aesóp freisin: sa dán cáiliúil 'Cúl an Tí,' ó pheann Sheáin Uí Ríordáin, La Fontaine na Gaeilge, d'fhéadfaí a rá, labhraíonn sé faoi 'An t-ollaimhín sin Aesop / Is é ina phúca léannta.'[84] Déanann an drámadóir Seán O'Casey tagairt d'Fhabhalscéalta Aesóip freisin i dteideal a dhráma *Juno and the Paycock* (1924).[85]

Le breis is dhá mhíle bliain anuas, tá iarrachtaí déanta ag scoláirí is ealaíontóirí chun snas a chur ar fhabhalscéalta béil Aesóip agus ardlitríocht a chumadh astu. Ach a mhalairt a bhí i gceist le cur chuige an bhailitheora béaloidis Domhnall Ó Cearbhaill. Thug séisean cóip d'Fhabhalscéalta Aesóip don seanchaí Pádraic Mac Con Iomaire, ag impí air leaganacha béil a chruthú, bunaithe ar na scéalta clóite. Bhí sé ag baint úsáid as 'ardlitríocht' na ndaoine léannta chun an litríocht bhéil a chruthú, an cineál litríochta a samhlaíodh le neamhlitearthacht go minic. Léiríonn an cur chuige seo an bhéim a cuireadh ar an litríocht bhéil agus ar an nGaeilge labhartha ó aimsir na hathbheochana ar aghaidh toisc go raibh meath ag teacht ar an teanga labhartha, agus ba mhinic a bhí stádas na teanga labhartha ar comhchéim leis an bhfocal clóite dá bharr. Mar sin féin, thuig Domhnall Ó Cearbhaill neamhbhuaine na litríochta béil agus bheartaigh sé taifead a dhéanamh ar iarrachtaí Phádraic Mhic Con Iomaire 'ar craiceann fíor-Ghaedhealach a chur ar Aesop.' Beartaíodh 'Fabhalscéalta Aesóip,' do dhaoine fásta, a chur i gcló i bhfoirm sraithe san *Evening Herald* ó mhí na Samhna 1941 go deireadh na bliana 1942. Cé go raibh foilsitheoireacht na Gaeilge faoi lánseol faoin tráth sin, bhí lucht léitheoireachta ní ba leithne agus tionchar ní ba mhó ag nuachtáin an Bhéarla, a raibh colúin Ghaeilge iontu, ag an am.

Nuair a dhéantar comparáid idir leaganacha Mhic Con Iomaire d'Fhabhalscéalta Aesóip agus leaganacha ársa is leaganacha La Fontaine, tagann tréithe chultúr na nGael chun solais iontu. Mar shampla, i leagan Mhic Con Iomaire de 'An Píobaire Fraoigh agus an Seangán,' cuirtear béim ar thábhacht phobal na seangán agus ar an gcomhoibriú eatarthu a chinntíonn a mbeatha. Os a choinne sin, cuirtear an píobaire fraoigh i láthair mar shlúiste a chaitheann a chuid ama ag ól is ag amhránaíocht in áit a bheith ag obair. I leaganacha ársa agus i leagan La Fontaine den fhabhalscéal seo, ní luaitear an t-ólachán ná pobal na seangán. Sa scéal 'Gearán na Péacóige,' nó 'The Peacock and Juno' mar is fearr aithne air as Béarla, feictear laigí is buanna an aistriúcháin go soiléir. Ós rud é go bhfuil Juno, bandia agus cosantóir na Róimhe (seachas na Gréige) i gceist san fhabhalscéal seo, chuile sheans nár chum Aesóp féin é, ach gur luadh leis é le himeacht ama, mar a tharla go rímhinic. Is fáthscéal é seo ina gcuireann an mháthair, Juno, comhairle ar a páiste, an Phéacóg, a bua féin a aithint, a háilleacht sa chás seo, agus a bheith sásta lena háilleacht in áit a bheith in éad lena deartháireacha is deirfiúracha, a bhfuil buanna éagsúla acu.

Agus Juno mar chosantóir an stáit fosta, tá leibhéal eile ag baint leis an bhfáthscéal seo: má bhaineann chuile dhuine fásta úsáid as a mbuanna féin, gan a bheith ag santú tréithe nach bhfuil acu, beidh an stát níos síochánta agus níos rathúla dá bharr. Sna leaganacha a luaitear le hAesóp agus i leagan Mhic Con Iomaire, tugtar ómós ar leith do cheoltóir na hoíche (an filiméala), óir éiríonn leis an gceol aird a tharraingt agus daoine a thabhairt le chéile i gcónaí. Feictear difríochtaí beaga sna leaganacha éagsúla den scéal seo: i leaganacha Aesóip, luaitear tréithe is buanna na n-ainmhithe leis an '[g]cinniúint,' ach ní chuirtear béim air seo i leagan Mhic Con Iomaire. Sa leagan deireanach seo, is dia é Juno seachas bandia, rud a thugann le fios nach raibh cur amach rómhaith ag muintir Charna ar mhiotaseolaíocht na Róimhe, ní nach ionadh.

Cuirtear leagan Mhic Con Iomaire d'Fabhalscéalta Aesóip os comhair an phobail arís ag am tráthúil san aonú haois is fiche, nuair atá moráltacht na gceannairí is na bpolaiteoirí Éireannacha á ceistiú ag daoine ar fud na tíre. Léiríonn na fabhalscéalta seo ciall luachmhar atá cruinnithe ag an gcine daonna thar bhreis is dhá mhíle bliain: tá ceachtanna bunúsacha is Gaeilge shaibhir iontu do dhaoine óga ag foghlaim faoi chúrsaí an tsaoil; tá lón intinne is anama iontu do dhaoine fásta ag lorg treorach sa saol.

NA FABHALSCÉALTA

An Madra Allta Óg

Bhí teach déanta i bpáirc in áit a raibh madraí allta agus bhí páiste a bhí crosta ag bean an tí. Níor fhéad sí a stopadh ó bheith ag caoineadh.

D'éalaigh madra allta óg chuig an teach agus bhí sé taobh amuigh ag éisteacht féachaint céard a chloisfeadh sé istigh.

'Mura mbeidh tú in do thost,' a dúirt an bhean istigh, 'caithfidh mé amach ar an bhfuinneoig thú agus íosfaidh an madra allta thú.'

D'fhan an madra allta ansin gar don teach go gcaithfeadh an bhean an páiste amach. Bhí sé ann go raibh sé ina thráthnóna agus ní fhaca sé an páiste á chaitheamh amach tríd an bhfuinneoig. Bhí an páiste suaimhnithe tráthnóna agus is é a dúirt an mháthair go maróidís an madra allta a bhí ag faire amuigh.

Chuaigh an madra allta abhaile trom tuirseach agus d'fhiafraigh an seancheann de cén fáth a raibh sé ocrach ag tíocht abhaile.

'Ó,' a deir sé, 'caint a dúirt bean ar an mbaile. Dúirt sí go gcaithfeadh sí páiste crosta amach chugam.'

'Bhuel,' a dúirt an seancheann, 'ní raibh sé ceart agat aon aird a thabhairt ar rud a déarfadh bean.'

Gaisce na Péacóige

Bhí péacóg lá agus a drioball mór leathan ligthe amach aici agus í ag déanamh pléisiúir as agus ag rá léi féin go raibh sí ag breathnú an-deas, go raibh chuile chineál datha dá bhféadfadh a bheith ar bhráisléad banríona ar a cuid clúmhaigh.

Tháinig corr scréachóg thart agus labhair an phéacóg léi:

'Níl mórán caoi ar bith ortsa,' a dúirt sí. 'Tá mo chuid clúmhaigh ar aon dath amháin. Níl mórán measa ag duine ar bith ortsa. Tá mo chleiteacha ar dhath an óir bhuí agus ar dhath an airgid agus ar chuile dhath dá dheise.'

'Is fíor sin duit,' a dúirt an chorr scréachóg, 'ach éirímse suas i láthair na bhflaitheas agus na réalta, ach níl tusa ag corraí den talamh ach ar nós an choiligh agus na n-éanacha atá ar an gcarn aoiligh i gcónaí.'

'Níl aon chall duit a bheith ag déanamh gaisce as do chuid breáthachta.'

Seanfhocal: Ná mol agus ná cáin thú féin.

Na Cait agus an Moncaí

Bhí dhá chat ina gcomhráideacha. Fuaireadar giota de mheall cáise agus ghoideadar é. Dúirt cat acu nach raibh sé sásta é a roinnt ar fhaitíos go bhfaigheadh an cat eile píosa níos mó ná é féin. Dúradar go ngabhfaidís chun dlí. D'imíodar leo agus casadh moncaí dóibh, agus d'insíodar an cás dó. Dúirt sé féin go ndéanfadh sé breithiúnas eatarthu.

'Caithfidh mé scálaí a fháil,' a dúirt sé.

Fuaireadar na scálaí agus chuir sé isteach píosa den cháis ins an scála. Chuir sé píosa ní ba mhó sa taobh eile. Bhain sé greim as an bpíosa ba throime ach bhí an taobh eile ansin ní ba throime ná é. Bhain sé greim arís as an taobh eile agus chuir sé ar an scála arís é agus bhí an taobh eile róthrom ansin.

Bhí sé mar sin go raibh an dá phíosa gar do bheith ite aige. Gach píosa dár bhain sé greim as bhí sé níos éadroime ná an píosa eile.

Bhí na cait ag breathnú air agus níor thaitnigh sé an-mhaith leo ach ní fhéadfaidís gan cur suas leis an mbreithiúnas.

Ach nuair a bhí an cháis ionann agus a bheith ite aige, dúradar leis éirí as agus go nglacfaidís leis an méid a bhí ann ar deireadh.

'Ní dhéanfaidh sin graithe an bhreithimh,' a dúirt an moncaí. 'Caithfidh sibh mise a íoc as mo bhreithiúnas.'

Chuir sé a raibh fágtha ina bhéal.

'Lá maith agaibh,' a deir an moncaí agus d'imigh sé.

An Sionnach agus an Tochas[86]

Bhí madra rua lá ag dul thart agus é an-mhíshuaimhneach ina intinn agus ní raibh a fhios aige cén rud ab fhearr dó a dhéanamh an áit ar bhuail tochas é, agus ní raibh a fhios aige cén chaoi a bhfaigheadh sé suaimhneas ó na dreancaidí. Ní raibh sé ag fáil aon suaimhnis ina shuí ná ina sheasamh ná ina luí ach a chraiceann á stróiceadh. Bhí sé ag iarraidh cuimhneamh ar an bplean ab fhearr le go bhfaigheadh sé biseach ón ngalar a bhí air mar bhí na dreancaidí á ithe go dtí an cnámh.

Bhain sé slám olla a bhí ar chraiceann caorach a mharaigh sé tamall beag roimhe sin. Chruinnigh sé suas slám mór olla agus thug sé leis ina bhéal é. Ghabh sé amach sa loch i ndiaidh a chúil agus thum sé é féin síos nach raibh blas de os cionn uisce ach an slám olla a bhí i bhfostú ina chuid fiacla agus ruainne dá smut agus a phollairí. Chruinnigh an méid den drocheallach a bhí sé a iompar, chruinníodar fré chéile ins an olainn. Nuair a fuair sé ins an olainn iad scaoil sé uaidh an olainn ar bharr an uisce. Fuair sé an-suaimhneas uaidh sin amach.

An Leon is an Mhuc Mhara

Bhí leon ann uair agus bhí sé ag siúl in aice leis an bhfarraige. Chonaic sé muc mhara amuigh san uisce agus dúirt siad go mb'fhearr dóibh a thíocht i gcomhar le chéile agus go mbeadh aon cheann láidir le haghaidh rud ar bith a bheadh ag iarraidh an ceann is fearr air a mharú.

Tamall beag ina dhiaidh sin casadh tarbh ar an leon agus chuadar chun troda. Ní raibh an leon in ann an ceann is fearr a fháil ar an tarbh.

Bhlaoigh sé ar an muc mhara le cúnamh a thabhairt dó go rachaidís ag cabhrú le chéile.

'Nach bhfuil a fhios agatsa,' a deir an mhuc mhara, 'nach bhfuil sé de nádúr ionamsa troid ar an talamh tirim? Níl mé in ann aon bhlas a dhéanamh duit. Dá mbeadh an tarbh agam amuigh anseo bheinn in ann troid a dhéanamh leis.'

Caithfidh gach aon cheann againn fanacht agus obair a dhéanamh de réir a dhúchais féin.

An Dea-Fhocal

Bhí madra allta ag siúl lá agus casadh isteach é in áit a raibh garraí mór coirce. Bhí ocras air ach ní raibh sé in ann aon leas a bhaint as an gcoirce. Bhí sé ag siúl leis agus is gearr gur casadh capall dó. Labhair sé leis an gcapall.

'Tá,' a deir sé, 'gort breá coirce ina leithéid seo d'áit agus téanam ort go spáinfidh mé duit é go n-íosfaidh tú do dhóthain de.'

'Tá mé buíoch díot,' a dúirt an capall.

Is ceart a bheith buíoch den té a thabharfas eolas do dhuine ar rud nach bhfuil sé in ann aon leas a bhaint as é féin.

Seanfhocal: Níor bhris an dea-fhocal fiacail riamh.

An Adharc Bhriste

Bhí maor ann uair agus bhí gabhair ar a chúram. Chuaigh ceann de na gabhair ón tréid. Bhí sé ag cinnt ar an bhfear an gabhar a chur ar ais san áit a raibh sé ag iarraidh é a chur. Rug sé ar chloich agus chaith sé leis an ngabhar í. Is é an áit ar bhuail sé an gabhar san adhairc agus bhain sé an adharc de.

'Tá dochar déanta agam ort de bharr tú a bhualadh leis an gcloich,' a deir an maor, 'ach ná hinis do mo mháistir céard a tharla.'

'Ó,' a deir an gabhar, 'nach n-inseoidh an adharc bhriste a scéal féin?'

An rud atá sofheicthe soiléir, tá sé insithe gan labhairt ar chor ar bith.

Seanfhocal: Imíonn an bhréag ach fanann an fhírinne.

An Dá Choileach

Bhí dhá choileach ann agus, mar is minic lena leithéidí, bhíodh siad ag troid. Bhí coileach acu ag fáil an ceann is fearr ar an gceann eile. Bhuail sé é agus dhíbir sé é. D'imigh leis an gcoileach a buaileadh. Chuaigh sé i bhfolach i gcoirnéal agus é gortaithe gearrtha.

Nuair a chonaic an coileach eile go raibh a namhaid cloíte aige, chuaigh sé suas ar chlaí agus thosaigh sé ag blaoch chomh tréan agus a bhí sé in ann agus é ag déanamh gaisce. Bhí sé ag blaoch agus cé a d'éireodh ach iolrach mór a thíocht anuas as an aer, agus a chrobha a chur ina dhroim. Chroch sé leis san aer é agus mharaigh sé é.

As sin amach bhí an coileach a buaileadh ina mháistir ar an áit.

Seanfhocal: Tá an chéad scéal ceart go dtagann an dara scéal.

Fear na Réalt

Bhí fear fadó ann agus bhuaileadh sé amach san oíche ag breathnú suas ar na réalta ag baint meabhair astu, cheap sé féin. Oíche dá raibh sé ag breathnú suas orthu agus ag fáil farasbarr eolais orthu thit sé isteach i bpoll domhain sa bportach agus ní raibh sé in ann é a fhágáil.

Thosaigh sé ag blaoch ar chúnamh. Chuala fear comharsan é agus tháinig sé go dtí é le é a thógáil as an bportach.

Dúirt an fear comharsan leis go mba chóra dó breathnú ar an talamh faoina chosa agus gan bacadh leis na réalta agus nach dtitfeadh sé sa bpoll.

Seanfhocal: Ná bíodh amharc rófhada romhat.

Bhí seabhac ann uair agus bhí sé ag dul anonn is anall ag eiltreog san aer agus é ocrach go leor. Chonaic sé spideog ar chlaí agus tháinig sé uirthi anuas agus fuair sé greim uirthi.

'Ó,' a dúirt an spideog, 'ná maraigh mé; níl mé sách mór. Ní bheadh do dhóthain ná do leathdhóthain ionamsa agus lig ar shiúl mé. Faigh éan mór a dhéanfas do dhóthain soláthair do do bhéile.'

'An gceapann tú,' a dúirt an seabhac, 'go bhfuil mé as mo chéill, go ligfidh mé thusa ar shiúl, ag súil le greim a fháil ar an éan nach bhfuil le feiceáil ar chor ar bith? Ní thabharfaidh mise,' a dúirt sé, 'an t-éan atá in mo chrobha ar an éan atá ar an gcraoibh.'

Choinnigh sé an spideog, mharaigh sé í agus d'ith sé í.

Seanfhocal: Is fearr glas ná amhras. Is fearr leathbhuilín ná a bheith gan arán.

Na Gasúir agus na Froganna

Bhí buachaillí beaga lá ag imirt ar bhruach locháin agus bhí an lochán lán suas le froganna. Bhíodar ag caitheamh cloch leis na froganna. Mharaíodar cuid acu agus an chuid nár mharaíodar, ghortaíodar iad.

Chuir frog mór a cheann aníos as an uisce agus dúirt sé leis na buachaillí go rabhadar ag déanamh dochar mór dóibh féin. Dúirt na gasúir gur ag déanamh spóirt a bhíodar.

'Is suarach an spórt dúinn é,' a dúirt an frog. 'An rud is spórt daoibhse, is bás dúinne. D'fhéadfadh sibh spórt a dhéanamh gan muid a ghortú.'

Níl sé ceart drochúsáid a thabhairt do rud ar bith.

Seanfhocal: Mura ndéana tú leas, ná déan olc.

AN FROG GAN CHÉILL

Bhí beithíoch mór ag siúl thart i bpáirc in áit a raibh froganna ag déanamh spóirt dóibh féin. Sheas an beithíoch ar cheann de na froganna agus mharaigh sé é.

Nuair a tháinig máthair na bhfroganna ar ais bhí sé seo marbh agus d'inis na cinn óga di go raibh driotháir acu marbh ag beithíoch mór a sheas air. Dúradar go raibh an beithíoch an-mhór, nach bhfacadar a leithéid riamh le méid.

Chuir an scéal sin iontas ar an bhfrog. Thosaigh sí ag at a brollaigh agus á méadú féin.

'An raibh sé chomh mór sin?' a deir sí.

'Bhí sé chomh mór agus nach bhféadfadh muid a inseacht,' a dúirt na cinn óga, 'agus dá mbeifeá ag at agus ag méadú go bpléascfá ní bheifeá i ngar do bheith chomh mór leis.'

Mhéadaigh sí í féin agus d'at sí a brollach.

'An raibh sé chomh han-mhór sin?' a dúirt máthair na bhfroganna.

'Dá mbeifeá ag at agus ag méadú choíchin,' a dúradar, 'ní fhéadfá a bheith chomh mór leis.'

D'at sí suas tuilleadh agus phléasc sí.

Ní dhíolfaidh sé choíchin a bheith ag iarraidh tú féin a dhéanamh níos mó ná atá tú i mbealach ar bith.

An Leon is an Tarbh

Bhí leon agus tarbh lá te gréine ag dul thart agus iad ag fáil bháis le tart. Tháinigeadar go dtí áit a raibh tobar domhain uisce. Ní raibh a fhios ag ceachtar acu cé a ghabhfadh chuig an uisce i dtosach. D'éirigh siad feargach agus thosaigh siad ag troid agus ag clamhsán agus ag scanrú a chéile lena gcuid fiacla.

Tháinig plot mór fiach dubh os a gcionn ag súil go maróidís a chéile agus go mbeidís féin á n-ithe. Chonaiceadar na fiacha dubha agus bhí a fhios acu cé a bhí ina n-intinn acu os a gcionn agus a sciatháin oscailte ag súil i gcónaí go dtitfeadh ceann acu marbh. Rinneadar a n-intinn suas go réiteodh siad le chéile agus go mb'fhearr dóibh an caradas ná iad a bheith le n-ithe ag na fiacha dubha.

Seanfhocal: Is fearr eolas an oilc ná an t-olc gan eolas.

An Leon is an Luch

Bhí leon ina chodladh i gciumhais coille daraí nuair a tháinig luch bheag ar a smut. Chuimil sí dá smut agus dhúisigh sé. Chroch an leon a lapa mór go maraíodh sé í.

'Ní ceart lorg fola luichín bhig mar mise a bheith ar do lapa uasal. Ná maraigh mé. Lig chun siúil mé.'

Ghlac an leon trua don luichín agus lig chun bealaigh í.

'Tá mé buíoch díot,' a dúirt an luichín. 'Má thagann sé choíche go mbeidh mé in ann do charthanas a chur abhaile chugat beidh mé ag iarraidh é a dhéanamh.'

Bhí an aimsir ag dul thart agus achar ina dhiaidh sin bhí eangach déanta de rópaí ag lucht fiaigh le breith ar pé bith beithígh fiáine a ghabhfadh i bhfostú inti. Bhí an leon é féin ag dul thart agus casadh san eangaigh é. Chuaigh sé i bhfostú inti agus ní raibh sé in ann an eangach a fhágáil. Bhí sé ag búirthigh agus ag béiciú ag iarraidh imeacht as an eangaigh. Chuala an luichín béiciú an leoin agus d'aithin sí gurbh é a bhí ann, agus tháinig sí féachaint an mbeadh sí in ann aon mhaith a dhéanamh dó.

Thosaigh sí chomh maith in Éirinn agus a d'fhéad sí ag gearradh na rópaí lena fiacla géara. Ba ghearr go raibh an leon in ann a thíocht amach as an áit a raibh sé ceangailte.

Seanfhocal: aithnítear cara i gcruatan.

SCANRADH NA NGABHAR

Bhí asal agus leon uair i bpáirtíocht le chéile agus casadh dóibh scailp in áit a raibh gabhair ina gcónaí ann. Rinneadar amach le chéile an t-asal a dhul isteach agus na gabhair a scanrú i riocht is go rithfidís amach agus an leon a fhanacht amuigh agus iad a mharú.

Chuaigh an t-asal isteach agus thosaigh sé ag géimneach agus ag scanrú na ngabhar. Ritheadar sin amach. Mharaigh an leon gach a dtáinig chuige. Nuair a bhí an chuid is mó de na gabhair curtha amach ag an asal labhair sé leis an leon.

'Nach ndearna mise mo sheirbhís an-mhaith?' a dúirt an t-asal.

'Muise, rinne tú,' a dúirt an leon, 'agus murach go raibh a fhios agam féin gur asal a bhí ionat, bheadh scanradh orm féin chomh maith leis na gabhair.'

Ná déan amadán díot féin ag iarraidh do chomharsa a shásamh gan aon bhuachtáil a bheith agat ann.

Silíní Searbha

Bhí sionnach ag dul thart lá agus bhí ocras air. Chonaic sé silíní go leor ag fás agus tháinig dúil mhór aige iontu. Bhíodar ard thuas ar an gcrann. D'éirigh sé de léim ag iarraidh cuid acu a shroicheadh. Chinn sé air agus thug sé léim agus léim eile, agus ní raibh sé in ann iad a shroicheadh.

Nuair a chinn air breith ar aon cheann acu lig sé air nach raibh dúil ar bith aige iontu.

'Tá na silíní sin searbh,' a dúirt sé.

Ná cuir dúil in aon rud nach bhfuil aon ghoir agat a fháil. Ní chreidfidh aon duine thú.

Seanfhocal: Is é dálta an tsionnaigh agus na silíní agat é.

Díoltas

Bhí nead déanta ag athair nimhe i bpóirse gar do theach feilméara. Chuaigh páiste an fheilméara amach lá agus chuir an t-athair nimhe ga ann agus fuair an páiste bás.

Bhí athair an pháiste an-dona agus bhí fearg mhór air. Bhí sé ag iarraidh díoltas a fháil ar an athair nimhe mar gheall ar a pháiste a chur chun báis. D'imigh sé amach agus tua aige go maraíodh sé an t-athair nimhe agus bhí an-deifir air dul á mharú. Cén áit ar bhuail sé é ach sa drioball agus bhain sé an drioball de i leaba an chloiginn. D'imigh an t-athair nimhe uaidh.

Tháinig an fear lá arna mhárach chuig an athair nimhe le arán agus le milseán go bhfaigheadh sé greim air leis an gcloigeann a bhaint de.

'Beidh mise feasta,' a dúirt an t-athair nimhe, 'ag iarraidh díoltas a bhaint díotsa mar gheall ar mo dhrioball díreach mar atá tusa ag iarraidh díoltais mar gheall ar do mhac. Ní féidir linn a bheith inár gcomharsannaí feiliúnacha le chéile as seo amach.'

An Meannán agus an Madra Allta

Bhí gabhar ann uair agus bhí meannán aige. Theastaigh ón ngabhar a dhul amach go ndéanfadh sé soláthar dó féin. Nuair a bhí sé ag dul amach dhún sé an doras agus dúirt sé leis an meannán gan an doras a oscailt ar a bhfaca sé riamh do rud ar bith nó go dtaga sé féin ar ais.

Bhí madra allta ag dul thart ag éisteacht leis an rud a dúirt an gabhar ag imeacht. Dúirt an madra allta go mbeadh dinnéar maith aige féin ar an meannán nuair a bheadh an gabhar imithe.

Thosaigh sé ag méileach mar a bheadh gabhar ann. Bhreathnaigh an meannán amach an fhuinneog agus chonaic sé é. Dúirt an madra allta leis an doras a oscailt, gur gabhar a bhí ann.

Dúirt an meannán nach n-osclódh, gur mó an chosúlacht a bhí aige le madra allta ná le gabhar, nach ligfeadh sé isteach é.

Éist i gcónaí leo seo is mó a bhfuil breithiúnas acu, agus déan mar a déarfaidh siad leat.

Seanfhocal: Más beag an rud an chiall, is mór a díth ar dhuine.

An tAsal agus an Capall

Bhí asal ag dul thart le ualach mór. Tháinig capall suas leis agus é srathraithe go deas. Bhí sé ag taitneachtáil lena chuid deis oibre thar mar a bhí an t-asal bocht agus an-bharúil aige air féin. Thosaigh sé ag magadh faoin asal. Bhí an t-asal ag imeacht roimhe agus níor thug sé aon aird air ach ag déanamh a bhealaigh.

I gceann cúpla lá chonaic an t-asal an capall céanna agus é srathraithe ag an máistir agus ualach mór d'aoileach air.

'Anois,' a dúirt an t-asal, 'tá tú féin socraithe ar an mbealach a raibh mise nuair a bhí tú ag magadh fúm. Ní raibh aon chiall agat dul ag fonóid orm.'

Seanfhocal: Ní íseal ná uasal ach thíos seal agus thuas seal.

An tAsal agus a Mháistir

Bhí fear ag tiomáint asail roimhe agus d'imigh an t-asal fiáin ins na cosa in airde roimhe amach. As go brách leis don bhóthar go ndeachaigh sé in áit chontúirteach le fánaí aille.

Rug an máistir greim driobaill air ag iarraidh é a choinneáil as an gcontúirt. Níor ghéill an t-asal dó. Rinne sé ar aghaidh agus chuaigh sé san áit chontráilte. Bhog an máistir a ghreim agus thug sé cead a chos don asal.

'Más toil leat tú féin a mharú, a asail,' a deir an fear, 'níl neart agamsa ort.'

Má thugann do mháistir comhairle do leasa duit agus go ndéanann tú an rud contráilte, beidh aiféala ort ar ball.

An Muilleoir agus a Mhac

Bhí muilleoir agus a mhac lá ag tabhairt asail go dtí an margadh. Ní raibh siad i bhfad ar an mbóthar gur casadh scata cailíní dóibh ag teacht ón mbaile mór.

'Breathnaigh,' a deir duine de na cailíní, 'an bhfaca sibh riamh beirt chomh míthuisceanach? Tá an bheirt ag siúl agus d'fhéadfadh duine acu a bheith ag marcaíocht.'

Nuair a chuala an muilleoir é seo chroch sé an mac suas ar dhroim an asail agus shiúil sé féin lena gcois.

Ba ghearr go dtáinig siad in áit a raibh cúpla seanfhear a bhí ag caint le chéile ar thaobh an bhóthair.

'Féach,' a deir duine de na fir, 'féach é sin, an bithiúnach de ghasúr ag marcaíocht agus a athair bocht ag siúl. Tar anuas den asal sin, a bhithiúnaigh, agus lig do d'athair marcaíocht.'

Ansin tháinig an buachaill anuas den asal agus ghabh a athair suas ina áit.

Níorbh fhada ansin gur casadh beirt bhan dóibh.

'Muise, a sheanfhir,' a deir siad, 'nach mór an náire duit ligint do do mhac siúl agus tú féin ar do sháimhín.'

Dúirt an muilleoir lena mhac dul taobh thiar de féin ar an asal agus d'imigh leo ina sodar chuig an margadh.

Casadh fear ón mbaile mór dóibh agus d'fhiafraigh sé den fhear ar leis féin an t-asal.

Dúirt an fear gur leis.

'Is fearr atá sibhse in ann an t-asal a iompar ná atá seisean in ann sibhse a iompar.'

'Féachfaimid le sin a dhéanamh,' a deir an muilleoir.

Cheangail siad cosa an asail le rópa. Chuir siad ar chleith é agus chuaigh siad á iompar ar a nguailne.

Bhí siamsa ag na daoine ag féachaint orthu. Bhí an t-asal ag déanamh a dhíchill tíocht anuas. Faoi dheireadh, nuair a bhí siad ag dul thar dhroichead an mhargaidh d'imigh a chosa as an rópa agus thit an t-asal. Bhí sé chomh scanraithe gur thit sé síos san abhainn agus báitheadh é.

Seanfhocal: Má bhíonn tú ag iarraidh chuile dhuine a shásamh, ní bheidh éinne sásta agat sa deireadh.

Na Cuileoga agus an Mhil

Bhí pota doirte lá i gcisteanach tí agus, mar is gnách sa samhradh, chruinnigh go leor cuileog á hithe. Bhíodar ag ithe go raibh a gcuid cos ag greamú ins an mil. Nuair a bhíodar ag iarraidh éirí as an mil ar eiltreoig bhí a gcuid sciathán greamaithe dá chéile.

'Ó, nach díchéillí na rudaí muid,' a dúradar le chéile. 'Táimid caillte go brách mar gheall ar an bpléisiúr beag a thug an mhil dúinn.'

An Gadaí agus an Madra Allta

Bhí fear ag siúlóid lá agus casadh madra allta óg dó. Thug sé leis é agus thóg sé ina pheata é. Mhúin sé dó le gadaíocht a dhéanamh.

Lá ansin labhair an madra allta leis agus dúirt:

'Ní mór duit a bheith ag breathnú amach. Mhúin tú dom le gadaíocht a dhéanamh ó na comharsannaí. B'fhéidir anois go ngoidfinn caoirigh uait féin.'

Seanfhocal: Más feall, fillfear.

An Gadhar sa Máinséar

Bhí máinséar lán le féar agus bhíodh gadhar ag dul isteach agus ag luí ar an bhféar. Theastaigh ó lao cuid den fhéar a raibh an gadhar ina luí ann a ithe. Uair ar bith a d'iarradh sé greim den fhéar a thabhairt leis, chuireadh an gadhar strainceanna air féin, agus chuireadh sé gnúsach as, ag brath ar ghreim a bhaint as an lao.

Bhí sé ag díbirt an lao ón bhféar. Dúirt an lao go mba é a bhí contráilte nuair nach raibh sé in ann aon bhlas féir a ithe ná leas ar bith a bhaint as.

Mura dteastaíonn an rud uait féin ní ceart a bheith sa mbealach orthu seo atá in ann leas a bhaint as.

Seanfhocal: Ní thuigeann an sáitheach an seang nuair a bhíonns a bholg féin lán.

An Fear agus an Leon

Bhí leon agus fear uair ag imeacht i bpáirtíocht in éineacht ag siúl. Bhí an leon ag déanamh gaisce chomh láidir agus a bhí sé féin. Bhí an fear ag déanamh gaisce freisin chomh cliste agus chomh hiontach agus a bhí sé féin.

Bhíodar ag argóint ar an mbealach sin nó gur tháinigeadar go dtí áit a raibh dealbh fir agus leoin déanta de chloich. Bhí 'leon curtha ar lár' scríofa faoi.

'An bhfeiceann tú é sin,' a dúirt an fear, 'chomh maith agus chomh láidir agus atá muidne thar bheithíoch ar bith dá bhfuil le fáil?'

'Ó, cé a rinne an dealbh sin?' a dúirt an leon. 'Dá mbeadh na leoin in ann a leithéid a dhéanamh bheadh fear faoi chrúib agus faoi chosa an leoin mar atá an leon ansin ar lár ag an bhfear.'

An Charróg agus na Coilm

Bhí go leor de na coilm ag imeacht in éineacht agus bhí carróg le feiceáil acu chuile lá. Bhí faitíos mór orthu roimpi mar dá bhfaigheadh sí deis orthu, ceart go leor, mharódh sí iad. Bhíodar ag teitheadh uaithi chomh maith agus a d'fhéadadar é. Bhí barúil acu céard a dhéanfadh sí leo.

Dúirt an charróg lá ansin:

'Tuige a bhfuil sibh coimhthíoch liomsa? Nach ceart dúinn a bheith muintearach le chéile, inár gcomharsannaí maithe le chéile? Bheadh muid an-mhór le chéile. Dhéanfainn rud ar bith daoibh.'

Rinneadar rí den charróig. Nuair a bhí sí ina rí ní raibh sí sásta gan colm a ithe chuile lá ag a dinnéar.

Nuair a thuig na coilm an scéal i gceart dúirt ceann acu gurbh in é an rud a thuilleadar agus rí a dhéanamh dá namhaid.

Scáil an Asail

Bhí fear óg ann agus *hire*áil sé asal le dul ar turas. Bhí an aimsir an-te. Bhí sé chomh te sin, uair an mheán lae, go ndeachaigh an fear óg faoi scáil an asail ón ngréin. Bhí máistir an asail in éineacht leis agus dúirt sé leis an bhfear óg nach raibh sé sin ceart – go mba leis féin amháin pé bith scáil a bhí an t-asal in ann a thabhairt.

'Níl sé sin ceart,' a dúirt an fear óg. '*Hire*áil mé an t-asal le haghaidh an bhealaigh uilig.'

'Tá sin fíor,' a dúirt fear an asail. '*Hire*áil tú an t-asal ach níor *hire*áil tú a scáil.'

Thosaigh siad ag troid agus ag bualadh a chéile. Nuair a fuair an t-asal mar sin iad chaith sé a chosa san aer agus as go brách leis.

An Gadhar agus an Madra Allta

Thosaigh madra allta agus gadhar tíre ag comhrá le chéile lá.

'Nach tú atá sleamhain agus nach tú atá in ordú agus ag breathnú an-deas?' a dúirt an madra allta. 'Ní mar sin atá an scéal agamsa,' a dúirt sé. 'Tá mé ag fáil ocrais agus fuachta, agus nach mairg nach bhféadfainn a bheith chomh maith agus chomh sleamhain agus atá tusa?'

'Dá mbeadh tusa umhal do mháistir mar atá agamsa, ní bheifeá faoi anró ná faoi ocras mar atá tú,' a dúirt an gadhar. 'Téanam ort in éineacht liomsa,' a dúirt an gadhar, 'agus beidh an cineáltas céanna agat á fháil agus atá agamsa.'

'Siúlfaidh mé leat,' a dúirt an madra allta, 'mar shúil go mbeidh an deis mhaireachtála chéanna le fáil agam.'

Shiúil sé leis an ngadhar. Ní rabhadar mórán achair ag siúl in éineacht nuair a chonaic an madra allta branda ar mhuineál an ghadhair. D'fhiafraigh sé de cén sórt branda é sin faoina mhuineál.

'Ní tada é sin,' a dúirt an gadhar tíre. 'Sin é an áit a mbíonn slabhra ceangailte faoi mo mhuineál.'

'Slabhra?' a dúirt an madra allta. 'B'fhearr liom cead mo chos a bheith agam ná a bheith ar shlabhra an rí. Slán agat. Níl mise ag dul ag tógáil an bhealaigh sin uait. Beidh cead mo chos agam mar a bhí riamh.'

An Fhuiseog agus a hÁl

Bhí fuiseog ann uair agus bhí nead déanta aici in áit a raibh arbhar curtha ag feilméara, agus an t-arbhar, bhí sé gar don am le é a bheith gearrtha.

Dúirt an fhuiseog lá agus í ag imeacht ag soláthar do na héanacha óga, dá dtagadh an feilméara ag breathnú ar an arbhar go gcaithfidís a bheith ag éisteacht leis, agus a inseacht di tráthnóna céard a déarfadh sé. Bhí faitíos ar na cinn óga.

Tháinig an feilméara agus dúirt sé go gcaithfeadh sé fios a chur ar a chomharsannaí amárach le haghaidh an arbhar a ghearradh, go raibh sé ar an bpointe in am a ghearrtha. Nuair a tháinig an tseanfhuiseog ar ais tráthnóna d'inis na cinn óga di céard a dúirt an feilméara.

'Níl aon chall daoibh aon fhaitíos a bheith oraibh ach insígí dom chuile bhlas a chloisfidh sibh amárach agus beidh a fhios agam ansin an bhfuil sé in am dúinn imeacht.'

Tháinig an feilméara an dara lá agus dúirt sé go gcaithfeadh sé fios a chur ar lucht páí leis an arbhar a ghearradh, agus chuaigh sé abhaile.

D'inis na héanacha óga don fhuiseoig tráthnóna céard a dúirt an feilméara.

'Níl aon chall dúinn faitíos a bheith orainn go fóill,' a dúirt sí.

An tríú lá d'imigh an tseanfhuiseog amach ag soláthar. Tháinig an feilméara agus a mhac agus chuala na héanacha óga iad ag rá go gcaithfidís a theacht an chéad lá eile agus a ngraithe féin a dhéanamh.

'Is mithid dúinn imeacht as seo,' a dúirt an tseanfhuiseog.

'Ní raibh baol ar bith orainn a fhaid agus a bhí siad ag súil le daoine eile an obair a dhéanamh.'

D'fhágadar an t-arbhar slán sábháilte.

An Fia agus an Crann

Bhí fia ann uair agus bhí lucht fiaigh ar a thóir. Rith sé isteach i gcoill agus chuaigh sé i bhfolach faoi chraobhacha crainn. Chlúdaigh sé é féin leis na duilleoga agus d'imigh na gadhair thairis agus ní fhacadar é.

Nuair a bhíodar imithe thosaigh an fia ag ithe na nduilleog os a chionn nó go raibh cuid mhaith acu ite aige.

Chuala an mhuintir a bhí ag fiach an torann a bhí sé a dhéanamh. Tháinigeadar ar ais go dtí an áit a raibh an fia agus fuair siad ann é agus mharaigh siad é.

Nuair a bhí an fia ag fáil bháis dúirt sé go mba dhona an rud gan a bheith buíoch den chrann a chlúdaigh é.

'Ní raibh sé ceart agam,' a dúirt sé, 'na duilleoga a chosain mé a mhilleadh.'

Ná mill rud ar bith dá laghad é a rinne tairbhe duit.

An Préachán agus na Cleiteacha Iasachta

Bhí áit an-chompordach ag scata préachán uair i mbarr seanteampaill i ngar do scata éanlaithe. Bhí péacóga i measc na n-éanacha seo agus bhí siad go han-álainn le feiceáil ag gach duine a bhí ag dul thart.

Bhí éad mór ar cheann de na préacháin leis na péacóga. Nuair a chonaic sé chomh hálainn agus a bhí siad, ba mhaith leis cleiteacha breátha a bheith aige freisin. Chruinnigh sé na seanchleiteacha agus ghléas sé é féin agus lig sé air gur péacóg é. Bhí na préacháin eile ar fad ag magadh faoi nuair a chonaic siad an chuma aisteach a bhí air. Chuir siad an ruaig air amach as an áit a raibh siad.

Tháinig aiféala mór ar an bpréachán faoi céard a bhí déanta aige. Ba mhaith leis dul ar ais go dtí an seanteampall arís ach ní raibh aon ghlacadh ag a chompánaigh leis. B'éigean dó imeacht ar fad uathu.

An Sionnach agus an Madra Allta

Bhí madra allta uair agus casadh sionnach dó. Dúirt an madra allta gur ghoid an sionnach rud áirid uaidh féin. Dúirt an sionnach nach ndearna, ach gur ghoid an madra allta rud áirid uaidh féin, agus bhí sé á shéanadh.

Casadh moncaí dóibh agus d'insíodar an scéal dó, agus dúirt siad go ndéanfaidís breitheamh de le haghaidh a fháil amach cé acu a bhí ceart.

Tharraing gach aon cheann acu a chúis féin. D'éist an breitheamh moncaí lena raibh le rá acu. Labhair sé ansin.

'Ní chreidim, a shionnaigh,' a dúirt an moncaí, 'gur tugadh uaitse riamh an rud atá tú a rá, agus ní chreidim, a mhadra allta, gur admhaigh tusa an rud a rinne tú féin.'

Ní chreidtear an fhírinne ón té a bhíonns ag déanamh na mbréag.

An Leon agus an Sionnach

Uair amháin bhí leon agus sionnach ann agus casadh ar a chéile iad. Rinneadar margadh le chéile an sionnach a bheith ina shearbhónta ag an leon, an sionnach a bheith ag tóraíocht an fhiaigh, agus mharódh an leon é.

Bhíodar sásta go leor ar feadh tamaill leis an margadh sin. Ach cheap an sionnach go mba cheart dó féin a bheith ag déanamh an mharú.

Bhriseadar an margadh a bhí déanta acu. Lá amháin d'ionsaigh an sionnach tréad caorach leis féin. D'airigh lucht an fhiaigh an sionnach ag tíocht, leanadar é agus mharaíodar é. Dá gcoinníodh sé a áit féin de réir a mhargaidh ní bheadh an tóir air mar a bhí.

An Saighdiúir ina Phríosúnach

Bhí fear ann uair agus bhí sé ina shaighdiúir ag dul chun troda. Ní raibh aon bhlas deis troda aige ach buinneán le séideadh.

Thóg an t-arm a bhí ina aghaidh é agus bhíodar ag dul a mharú.

'Ó, ná maraigh mé,' a dúirt an saighdiúir. 'Ní dhearna mé aon dochar agus níor mharaigh mé aon duine dá bhfuil ar an saol seo. Mar sin is cóir daoibh gan mé a mharú. Ní dhearna mé aon troid. Níl agam ach an buinneán seo atá in mo láimh.'

'Sin é an t-údar,' a deir duine de na fir, 'go bhfuil tú tógtha againn. Nuair a shéid tú é sin chorraigh tú suas an méid a bhí ar do thaobh le dul chun troda agus le marú.'

An tAsal agus na Froganna

Bhí asal ann uair agus bhí sé ag tarraingt ualach mór trom agus bhí air a dhul trí áit a raibh lochán. Nuair a bhí sé ag tarraingt an ualaigh tríd an lochán uisce leagadh é faoin ualach i lár an locháin. Ní raibh sé in ann éirí mar gheall ar an meáchan a bhí ar a dhroim.

Bhí an lochán céanna lán suas le froganna. Thosaigh an t-asal ag geonaíl agus ag osnaíl istigh san uisce agus é ag cinnt air éirí agus é a fhágáil.

Labhair ceann de na froganna:

'Nach tú atá in éagóir ag geonaíl, agus nach bhfeiceann tú muidne atá inár gcónaí anseo agus níl imní ná trioblóid ar bith orainn a bheith ann?'

'Sin é an nádúr,' a dúirt an t-asal. 'B'fhearr liomsa a bheith ar an talamh tirim.'

Seanfhocal: Gach aon mar a oiltear é agus an fhuiseog chun na móna.

An Liabóg Leathair agus na hEasóga

Thit liabóg leathair anuas ar an talamh uair agus tháinig easóg go maródh sí é. D'iarr an liabóg leathair coimrí a anama air.

'Ní ligfidh mé saor thú,' a dúirt an easóg, 'mar is namhaid mé do na héanacha ar fad.'

'Ní namhaid mise mar sin,' a dúirt an liabóg leathair. 'Féach, is luch mé.'

Níor mharaigh an easóg é.

Arís tháinig an liabóg leathair anuas agus rug easóg air agus dúirt sí go maródh sí é, go raibh sí ina namhaid ag na lucha.

'Níl tú in do namhaid agamsa mar sin,' a dúirt an liabóg leathair. 'Is éan mé, féach mo dhá sciathán.'

Shábháil sé é féin an dara huair.

AN FEILMÉARA AGUS A CHLANN

Bhí feilméara ann uair agus bhí sé sean. Bhí sé ag ceapadh go raibh sé gar don bhás. Bhí triúr mac aige agus bhlaoigh sé orthu ag colbha a leapan agus dúirt sé leo go raibh deontas agus saibhreas sa bhfeilm a bhí acu ach go gcaithfidís an saibhreas a chuardach.

Ba ghearr an t-achar go bhfuair an feilméara bás. Ar an bpointe a raibh an seanfhear san uaigh thosaigh an chlann ag treabhadh agus ag tochailt. Níor fhág siad fód den fheilm nár iontaíodar. Ach ní bhfuaireadar aon chiste.

D'fhás an cur go han-mhaith ar an bhfeilm. Ní raibh aon fhómhar riamh ní b'fhearr ná a bhí acu le cur isteach ina gcuid stór.

Nuair a bhí chuile shórt bailithe suas acu dúradar le chéile gurb shin é an saibhreas agus an ciste a dúirt a n-athair leo a gheobhaidís sa bhfeilm.

Na Fir agus na hEangacha

Chuaigh fir ag iascach uair le eangacha. Chuireadar a gcuid eangach agus nuair a bhí sé in am acu tharraingíodar iad agus bhí meáchan chomh mór ins na heangacha gur shíleadar go raibh an-chuimse iasc buailte ins na heangacha.

Bhíodar á dtarraingt agus an meáchan mór iontu gur thugadar i dtír iad.

Séard a bhí ann, an eangach lán le clocha agus le feamainn agus le cineálacha gan mhaith agus beagáinín beag iasc. Nuair a chonaiceadar nach raibh aon mhaith déanta acu tháinig brón orthu tar éis lúcháir a bheith orthu achar gearr roimhe sin.

Bhí duine comharsan ag éisteacht in éineacht leo agus dúirt sé nár cheart an éirí in airde le lúcháir mar a bhíodar ar dtús agus go mba ghearr ó chéile lúcháir agus brón.

AN FROG AGUS NA TAIRBH

Lá amháin chuir frog a cheann suas as lochán agus chonaic sé dhá tharbh ag troid féachaint cé acu a bheadh ina mháistir ar an tréid. Ar aon nós bhí an-fhaitíos ar an bhfrog sa lochán. Bhlaoigh sé ar a chairde agus d'fhiafraigh sé díobh céard ab fhearr a dhéanamh.

'Nach cuma linn?' a dúirt frog eile. 'Ní bhaineann an troid sin linn. Nach cuma cé acu a bheidh ina mháistir?'

Bhí imní ar an gcéad fhrog agus dúirt sé arís:

'Pé bith tarbh a mbeidh an bua aige, caithfidh sé an ceann eile síos sa lathaigh a bhfuil muid ann. Beimid i gcontúirt é a shatailt orainn agus sinn a mharú. Is cinnte go gcuirfidh achrann na dtarbh níos mó trioblóide orainn ná a cheap muid ar dtús.'

I gcúrsaí cogaidh bíonn ar an lag an cruatan a fhuilingt.

AN SEANGHADHAR

Seanghadhar a bhí ann. Le linn a óige bhí sé chomh maith le gadhar ar bith eile. Níor ghéill sé riamh don bheithíoch ba mhó dár casadh leis sa bhfiach.

Lá amháin ansin agus é sean, bhí sé ag fiach lena mháistir. Rug sé greim cluaise ar thorc ach b'éigean dó bogadh den ghreim mar bhí a chuid fiacla gan mhaith agus d'éalaigh an torc uaidh. Rith an máistir suas chuige agus thosaigh sé á cháineadh agus ag scamhailéireacht air.

D'fhéach sé suas ar an máistir agus labhair:

'Ná tóg orm é, a mháistir, má d'imigh an torc uaim. Tá an spiorad ionam chomh maith agus a bhí riamh. Tá mo chuid fiacla go dona ach níl neart agam air sin. Moladh atá tuillte agam fá na gníomhartha a rinne mé san am atá thart. Ná cáin mé anois i ndeireadh mo shaoil.'

An Mhíoltóg agus an Leon

Tháinig míoltóg lá chun cainte le leon.

'Níl faitíos ar bith orm romhatsa,' a deir an mhíoltóg. 'Níl tusa níos láidre ná mé. Tig leat stracadh le do chrúba agus rudaí a ghearradh le do chuid fiacla. Ach deirimse leat gur mó mo neart ná do neart. Má tá tú in amhras faoi sin fógraím cath ort. Bíodh sé ina chogadh eadrainn.'

Leis sin thosaigh an mhíoltóg ag crá an leoin. Chuir sé ga ina phollairí agus ina éadan. Tháinig fearg mhór ar an leon. Rinne sé iarraidh an mhíoltóg a mharú lena chrúba móra. Ní dhearna an leon ach é féin a ghortú go dona mar bhí an mhíoltóg róthapaidh dó.

Tamall ina dhiaidh sin chuaigh an mhíoltóg chéanna i bhfostú in eangaigh damháin alla agus tháinig an damhán alla á hithe.

'Féach anois,' a dúirt an mhíoltóg, 'bhí mé in ann cath a thabhairt don bheithíoch is mó agus is láidre dá bhfuil ann. Agus an damhán alla seo nach bhfuil ach beagán níos mó ná mé féin, tá sé in ann mé a leagan ar lár.'

An Préachán agus an Crúsca

Bhí préachán lá ag dul thart agus bhí an lá an-te, an-bhrothallach. Bhí tart mór air agus bhí sé ag cinnt air aon deor uisce a fháil in áit ar bith. Chonaic sé crúsca leagtha ar an talamh agus cheap sé go raibh uisce ann. Tháinig sé chuig an gcrúsca agus bhreathnaigh sé síos ann. Bhí beagán uisce i dtóin an chrúsca ach ní raibh sé in ann é a shroicheadh lena ghob.

Shíl sé é a chaitheamh anuas ach ní raibh sé sách láidir leis an gcrúsca a leagadh. Séard a rinne sé: bhí clocha reatha thart timpeall na háite agus thosaigh sé ag cruinniú na gcloch agus á scaoileadh síos sa gcrúsca.

Bhí an t-uisce ag ardú nó go raibh sé chomh hard le béal an tsoithigh agus bhí sé in ann a dhóthain den uisce a ól.

BEAN NA CAORACH

Bhí bean ann uair agus bhí caora aici. Chuaigh an bhean ag bearradh na caorach le siosúr. Níl aon dlaoi den olainn a ghearradh sí nach ngearradh sí craiceann na caorach. Agus an chaora bhocht, bhí sí ag fuilingt go mór chuile uair a bhearradh an bhean lán siosúir den olainn agus bhíodh an craiceann agus an olann ón gcnámh léi.

Labhair an chaora léi agus dúirt sí go feargach nár cheart don bhean a bheith ag gearradh an chraicinn di féin mar gurbh í an olann a bhí sí a iarraidh.

'Más í mo chuid fola atá tú a iarraidh, cuir fios ar an mbúistéara agus mé a mharú ceart.'

Más maith leat rud a dhéanamh, déan i gceart é nó éist leis.

Seanfhocal: Is beag atá idir an chóir agus an éagóir.

An Madra Allta agus an Leon

Mharaigh madra allta uan beag caorach agus bhí sé á iompar abhaile ina bhéal nuair a casadh leon mór millteach dó. Ar an bpointe a bhfaca an madra allta an leon ag tíocht chaith sé an t-uan uaidh agus d'imigh sé leis.

Níorbh fhada go bhfuair an leon greim ar an uan. Chonaic an madra allta an leon agus an t-uan ina bhéal aige. Bhlaoigh sé amach gur mór an náire dó an dinnéar breá a ghoid uaidh.

Thug an leon amharc magaidh ar an madra allta agus dúirt sé:

'Tá tú ag iarraidh anois a chur i gcéill domsa gur shaothraigh tú féin go cneasta an béile deas seo.'

Má bhímid míchineálta le daoine eile ní cóir dúinn a bheith ag súil le cineáltas muid féin.

An Giorria agus an Toirtís

Bhí giorria agus toirtís ag dul ag rith lá agus bhí an sionnach le bheith ina cheannfort orthu. Thosaigh siad ag rith ach bhí an giorria an-luath agus bhí an toirtís an-mhall. Dúirt an giorria go mbeadh néal ligthe as a chloigeann aige féin agus go mbeadh an geall aige gan aon stró.

Thit sé ina chodladh agus d'imigh an toirtís bhocht go mall réidh. Faoi dheireadh thiar thall dhúisigh an giorria agus as go brách leis ins na cosa in airde. Ach bhí an ceann cúrsa sroichte ag an toirtís roimhe.

'Anois,' a deir an toirtís, 'níl mé chomh luath leatsa ach bhuaigh mé an geall.'

Seanfhocal: Mall agus réidh a ghnóthaigh an rása.

An tAsal agus an Coileach

Uair amháin bhí asal agus coileach ag ithe ins an bpáirc chéanna. Ní raibh siad i bhfad ansin go bhfaca siad leon mór ag tíocht chomh fada leo.

Tá sé ráite go bhfuil an-ghráin ag an leon ar bhlaoch an choiligh. Bhí a fhios ag an gcoileach é seo agus thosaigh sé ag blaoch chomh tréan in Éirinn agus ab fhéidir leis. Ní túisce a chuala an leon an coileach ag blaoch ná d'imigh sé mar a tháinig.

Cheap an t-asal gurbh é féin a dhíbir an leon agus chuir sé an coileach amach as an bpáirc. Nuair nár chuala an leon a thuilleadh blaoch tháinig sé agus d'ionsaigh sé an t-asal. Nuair a bhí sé á stróiceadh ag an leon, labhair an t-asal:

'Ó, nach mé an pleidhce,' a deir an t-asal leis féin. 'Bhí a fhios agam go maith gur cladhaire críochnaithe mé, ag ligint orm go raibh mé ceannasach ag mo chaitheamh féin isteach i lámha an bháis. Níl aon dul as agam anois.'

Níl sé ceart ag duine a bheith ag cur i gcéill gur duine misniúil é agus é féin a chur i gcontúirt gan ghá.

An Madra agus an Coileach

Rinne madra agus coileach cairde le chéile agus chuaigh siad amach ag siúl. Nuair a tháinig an dorchadas d'eitil an coileach in airde ar chrann le haghaidh suaimhneas na hoíche agus chuaigh an madra a chodladh ag bun an chrainn.

Bhlaoigh an coileach go moch ar maidin, mar is gnách leis. Tháinig an sionnach glic agus shíl sé amadán a dhéanamh de lena chuid plámás cainte, ag moladh an choiligh, agus ag rá leis tíocht anuas go mbeadh amhrán acu in éineacht.

'Téigh,' a dúirt an coileach, 'go bun an chrainn seo agus abair le mo ghiolla an clog a bhualadh.'

Chuaigh an sionnach ag iarraidh an giolla a dhúiseacht mar a cheap sé féin. Léim an madra suas agus mharaigh sé é ar an bpointe.

An Gadhar Fealltach

Bhí gadhar ag maor caorach agus bhí an-trust aige as an ngadhar, agus d'fhágadh sé an gadhar seo i gcónaí ag tabhairt aire do na caoirigh. Le misneach a thabhairt don ghadhar lena chuid oibre a dhéanamh go maith thugadh an maor bainne téachta [*curds*] agus meadhg [*whey*] agus uaireanta farasbarr screamóg [*crusts*] dó.

Ach nuair a gheibheadh an gadhar an maor imithe, bhíodh sé ag stróiceadh na gcaorach in áit iad a choinneáil sábháilte.

Chuala an maor an obair a bhí ar bun ag an ngadhar agus rinne sé suas a intinn go gcrochfadh sé é. Nuair a bhí an rópa timpeall mhuineál an ghadhair, thosaigh sé ag iarraidh pardúin agus ag rá nach raibh sé ciontach, nach ndearna sé oiread dochair riamh leis an madra allta.

'Sin é an fáth díreach a bhfuil mé do do chrochadh. Ní raibh mé ag súil ón madra allta ach mífhuilteanas agus bhí mé in ann garda a choinneáil ina aghaidh. Ach tusa, cheap mé gur cara maith a bhí ionat. Thug mé beatha mhaith duit ach rinne tú feall orm.'

Seanfhocal: Más feall, fillfear.

AN MADRA ALLTA AGUS AN TUAN

Lá breá samhraidh tharla go dtáinig madra allta agus uan chuig sruth uisce ag an am chéanna. Bhí an madra allta in áit níos airde agus níos fearr le haghaidh an uisce a fháil ná an t-uan, ach mar sin féin d'fhiafraigh an madra allta den uan bhocht cén fáth a raibh sé ag salú an uisce air.

Tháinig scanradh an domhain ar an uan a leithéid de chaint aisteach a chloisteáil. Labhair sé go deas sibhialta leis an madra allta agus dúirt sé nach raibh sé ag déanamh a leithéid de rud mar go raibh an sruth ag tíocht anuas ón áit a raibh an madra allta, agus nach bhféadfadh sé féin é a shalú mar sin.

'Is cuma sin,' a deir an madra allta, 'is rógaire thú agus chuala mé freisin go mbíodh tú ag cúlchaint orm leathbhliain ó shin.'

'Dar m'fhocal,' a deir an t-uan, 'is iontach an scéal é sin. Ní raibh mise ar an saol leathbhliain ó shin.'

Nuair a chuala an madra allta a chuid bréag féin casta leis, tháinig cuthach feirge air. Labhair sé amach go hard.

'Mura thú féin a rinne an chúlchaint, is é d'athair a rinne é agus is mar a chéile sibh.'

Rug sé greim ar an uan agus mharaigh sé é.

An tIascaire agus an Breac

Fear a bhí ag iascach ar loch agus chroch sé suas as an uisce breac beag. D'iarr an breac beag air gan é a mharú ach é a scaoileadh amach go mbeadh sé mór.

'B'fhéidir gur fíor duit,' a deir an fear, 'ach ní duine de na hamadáin mé a thabharfadh rud a mbeadh mé cinnte de suas ar rud a mbeadh mé in amhras faoi.'

Seanfhocal: Is fearr éan ar láimh ar dhá éan ar an gcraoibh.

An Ghé agus an Ubh Óir

Uair amháin bhí gé iontach ag fear agus bheireadh sí ubh óir dó chuile lá sa mbliain. Ach ba fear santach é seo agus rinne sé suas a intinn an ghé a mharú agus an t-ór a bhí taobh istigh sa ngé ar fad a bheith aige.

Rinne sé é sin agus ba mhór é a bhriseadh croí agus a aiféala nuair nach bhfuair sé aon ór ar chor ar bith.

An Sionnach agus an Charróg

D'éirigh le carróig píosa mór cáise a fháil lá agus suas léi ar chrann á ithe di féin. Chonaic sluasaí de shionnach í agus thosaigh sé ar a dhícheall á moladh agus á rá nach bhfaca sé a leithéid de chleiteacha breátha ar aon éan riamh cheana.

'Tá glór breá agat,' a deir an sionnach, 'agus ba mhaith tú a chloisteáil arís.'

Chuir sin bród mór ar an gcarróig. D'oscail sí a béal agus chuir sí gráig aisti agus titeann an cháis as a béal. Níor lig an sionnach don bhféar í gur shlog sé í gan fiacail a ligean uirthi.

Seanfhocal: Tabhair aire duit féin ar an sluasaí.
I ndiaidh a aimhleasa a chítear a leas don Éireannach.

An Gabhar agus an Madra Allta

Bhí gabhar lá ag ithe féir ar ard aille agus bhí madra allta ag dul thart. Chonaic sé an gabhar thuas ar an aill agus cheap sé go gcuirfeadh sé plean air le é a thabhairt anuas go mbeadh sé aige le n-ithe.

Dúirt sé leis an ngabhar teannadh anuas chuige le fánaí, go raibh an féar níos milse agus níos fearr ann.

'Go raibh maith agat,' a dúirt an gabhar. 'Ní ar mhaithe le mo dhinnéarsa atá tú ag iarraidh ormsa a theacht anuas ach ar mhaithe leat féin.'

Asal i gCraiceann Leoin

Bhí asal ann uair agus casadh craiceann leoin dó agus chuir sé air féin é. Shiúil sé amach ins na páirceanna. Níl aon bheithíoch dá bhfaca sé nach raibh scanradh air. Bhí sé mar sin go bhfaca an máistir é. Chonaic sé cluasa an asail trí chraiceann an leoin. Fuair sé lasc agus bhuail sé an t-asal.

Tar éis an t-asal a bheith gléasta i gcraiceann an leoin ní raibh ann ach asal ar deireadh.

An Seangán agus an Colm

Bhí seangán lá ag ól uisce agus chuaigh sé rófhada amach san abhainn agus chroch an sruth leis é. Bhí colm ag féachaint air agus tháinig trua aige dó. Bhain sé duilleog de chraoibh agus chaith sé isteach san uisce í san áit a raibh an seangán.

Choinnigh an bhileog i mbarr an uisce é go dtáinig sé chomh fada leis an mbruach, agus tháinig sé aníos slán.

Ní raibh sé i bhfad i ndiaidh an ama seo go raibh fiagaí ag dul ag caitheamh an choilm. Chonaic an seangán é agus nuair a bhí sé ag dul ag scaoileadh an urchair leis an gcolm bhain an seangán greim as a chluais. Chroith lámh an duine agus chuaigh an t-urchar cam. D'imigh an colm slán sábháilte.

Seanfhocal: Tuilleann iarraidh maith iarraidh maith eile.

An Charróg agus na Coilm

Thug carróg faoi deara go raibh go leor bídh le n-ithe ag na coilm. Chuir sí dath bán uirthi féin agus chuaigh sí in éineacht leo i riocht agus go bhfaigheadh sí a dóthain le n-ithe í féin.

D'fhan sí ciúin gan gráig aisti agus ghlac na coilm léi. Lá amháin rinne an charróg dearmad. Lig sí gráig nó dhó aisti. Bhí a fhios go maith ag na coilm ansin céard a bhí ann. Thosaigh siad á priocadh lena gcuid gob agus b'éigean di imeacht uathu.

Chuaigh sí ar ais ansin leis na carróga eile. Níor chuireadar sin fáilte ar bith roimpi mar níor aithin siad í mar gheall ar a dath, agus chuir siad sin an ruaig uirthi freisin. Bhí sí gan chara gan chompánach.

Seanfhocal: Is iomaí duine a ghearranns slat le haghaidh é féin a bhualadh.

An tAsal faoi Ualach

Bhí maor ann uair agus bhí asal aige amuigh sa bpáirc. D'airigh sé namhaid ag tíocht. Dúirt sé leis an asal go mb'fhearr dóibh rith go mbeadh siad tógtha ag an namhaid.

'Tuige a rithfeadh mise?' a dúirt an t-asal. 'An gceapann tú go gcuirfidh siad an oiread dhá shórt cliabh orm? Nach cuma domsa mar sin cé dó a mbeidh mé ag obair nuair nach gcuirfidh siad an oiread eile cliabh orm?'

Is cuma leis na daoine bochta cén sórt rialtais atá ann mar tá siad mar an gcéanna i gcónaí.

An Fear a Raibh Fios Aige

Bhí draíodóir ina shuí leataobh an bhóthair agus bhí sé ag tabhairt fios do dhaoine a bhí ag dul thart, á rá céard a bhí i ndán dóibh san aimsir a bhí rompu, agus rudaí a d'éirigh dóibh san aimsir a bhí caite.

Tháinig fear comharsan agus dúirt sé leis an draíodóir go raibh doras a thí féin sa mbaile oscailte agus gach a raibh ina theach tugtha as ag gadaí.

'Tuige,' a deir sé, 'nach bhfuil fios agatsa faoi do ghraithe féin chomh maith agus atá tú in ann fios a fháil faoi ghraithe daoine eile?'

Mór agus Beag

Bhí fear ann uair agus bhí eangach curtha sa bhfarraige aige le haghaidh iasc a ghabháil. D'éalaigh na héisc bheaga amach trí mhogaill na heangaí agus chuadar saor, ach na héisc mhóra, gabhadh iad agus tugadh amach as an bhfarraige iad.

Ní haon dochar a bheith beag amanta.

An Torc agus an Sionnach

Bhí torc fiáin lá i gciumhais coille ag cur faobhair ar a chuid fiacla. Casadh sionnach dó.

'Tuige,' a dúirt an sionnach, 'go bhfuil tú ag cur faobhair ar do chuid fiacla agus ní fheicim cú ná confairt?'

'Ceart go leor,' a dúirt an torc, 'is fíor nach bhfuil baol ar bith orm anois, ach nuair a thiocfaidh an chonfairt beidh a mhalairt de rud le déanamh agam seachas faobhar a chur ar mo chuid gléas troda.'

An Miúil agus an tAsal

Bhí fear ann uair a raibh miúil agus asal aige á dtiomáint agus ualaí ar gach aon cheann acu. Bhí an miúil in ann a ualach a iompar ar na hísleáin agus ar na hardáin, ach an t-asal bocht ní raibh sé ach in ann siúl go réidh ar an talamh cothrom.

D'éirigh ard rompu ar an mbealach agus an t-asal ní raibh sé in ann a ualach a thabhairt in aghaidh an aird agus bhí sé ag cinnt air.

D'iarr sé ar an miúil roinnt den mheáchan a bhí ins an ualach a thógáil agus go dtabharfaidís in aghaidh an chnoic an earra a bhí siad a tharraingt.

Ní thabharfadh an miúil aird ar bith ar an asal ach bhí sé ag déanamh a bhealaigh é féin. Ní mórán achair a bhí siúlta ag an asal gur thit sé faoina ualach agus cailleadh é.

Thóg an fear amach a scian agus d'fheann sé an t-asal. Chuir sé an t-ualach a bhí ar an asal ar an miúil agus craiceann an asail in éineacht leis.

'Anois,' a deir an miúil leis féin, 'féach an chaoi atá orm. Dá ndéanfainn an oibleagáid a iarradh orm ní bheinn faoi dhá ualach anois.'

An Luch agus an Easóg

Bhí luichín ann agus bhí ocras uirthi. Chuaigh sí go dtí áit a raibh cliabh arbhair agus chuaigh sí isteach ins an gcliabh agus bhí sí ag ithe an arbhair chomh fada agus a bhí sí in ann.

Faoi dheireadh bhí sí ramhraithe suas agus an poll a ndeachaigh sí isteach tríd, bhí sé róbheag í a ligean amach arís.

Thosaigh an luch ag geonaíl agus ag scréachaigh. Chuala easóg a bhí ina cónaí gar don áit chéanna í agus leis an scréachaíl a rinne an luch tháinig an easóg agus d'fhiafraigh sí di céard a bhí uirthi.

'Tháinig mé isteach anseo,' a deir an luch, 'nuair a bhí mé caol tanaí. Tá oiread sin ite agam anois nach bhfuil mé in ann a thíocht amach.'

'Caithfidh tú fanacht ansin,' a deir an easóg, 'go gcaolaí tú chomh beag agus a bhí tú agus tú ag dul isteach. Idir an dá linn caithfidh tú troscadh gan blas a ithe.'

An Fear agus an Madra Allta

Bhí fear ag maoirseacht caorach uair agus casadh madra allta dó. Bhí an madra allta ag dul anonn agus anall agus ní raibh sé ag déanamh aon díobháil don tréid. Ní raibh an maor ag cur aon chaidéis air nuair nach raibh agus bhí an madra allta ar an mbealach sin ar feadh tamaill fhada.

Cheap an maor nach ndéanfadh sé dochar aon uair nuair a bhí sé an t-achar sin gan aon cheann de na caoirigh a mharú. Lá faoi dheireadh d'imigh an maor agus chuaigh sé go dtí an baile mór. D'fhan an madra allta leis na caoirigh mar a bhí sé roimhe sin.

Nuair a tháinig an fear abhaile bhí na caoirigh sceite scanraithe agus cúpla ceann acu marbh. Dúirt an fear leis féin nár cheart trust a dhéanamh de rud ar bith a bhí namhadach ina chroí agus ina intinn istigh.

An Sionnach agus an Fear Tíre

Bhí tóir ar shionnach lá. Bhí go leor rith déanta aige agus bhí sé an-tuirseach. Faoi dheireadh chonaic sé fear sa sliabh agus d'iarr sé cead ar an bhfear fanacht ina theach go n-imeodh na madaí.[87]

Thug an fear an cead sin dó. Tháinig na daoine a bhí ag fiach agus d'fhiafraigh siad den fhear a thug dídean don sionnach an bhfaca sé é. Dúirt an fear nach bhfaca ach ag an am céanna bhí sé ag déanamh comhartha le lucht an fhiaigh go raibh an sionnach san gcoirnéal, ach níor thuig siad é agus d'imigh leo.

Nuair a fuair an sionnach imithe iad tháinig sé amach as an áit a raibh sé i bhfolach. Bhí sé ag imeacht leis nuair a bhlaoigh an fear arís air.

'Níl aon mhúineadh ort,' a deir an fear, 'imeacht gan buíochas a ghlacadh liom a shábháil thú gan do mharú.'

'Chonaic mise,' a dúirt an sionnach, 'na comharthaí a rinne tú agus mé i bhfolach. Ní mór é an buíochas atá ag dul duit.'

AN GABHAR AGUS AN TASAL

Bhí fear ann agus bhí asal agus gabhar agus iad á dtógáil agus á mbeathú in aon pháirc amháin aige. Ba mhór leis an ngabhar an méid a bhí an t-asal a ithe. Bhí sé ag ceapadh[88] go raibh an t-asal ag ithe an dá oiread leis féin.

'Nach tú an t-amadán,' a deir an gabhar, 'a bheith ag tarraingt ualaí troma. Lig ort féin go bhfuil tú tinn agus caith i bportach thú féin.'

Chaith an t-asal é féin sa bportach agus nuair a bhí sé ag iarraidh é a fhágáil, ghortaigh sé agus ghearr sé é féin.

Chuaigh an máistir go dtí dochtúir beithíoch agus d'fhiafraigh sé de céard a dhéanfadh sé leis an asal a leigheas. Is é an leigheas a thug sé dó an gabhar a mharú agus cuid dá aobha a chur le créachtaí an asail agus go bhfaigheadh sé biseach ansin.

Sin mar a rinneadh leis an ngabhar. A bhás féin a fuair sé mar gheall ar an gcomhairle a thug sé don asal.

An Leon agus na Tairbh

Bhí trí cinn de thairbh ar féar in aon pháirc amháin agus bhíodh siad ag coinneáil i gcónaí gar dá chéile. Bhí siad an-socair, an-fheiliúnach le chéile. Bhí leon comhgarach dóibh agus bhíodh sé ag fanacht le ceann acu a mharú dá bhfeadfadh sé é, ach mar gheall ar na trí cinn a bheith in éineacht, níor lig faitíos dó a dhul gar dóibh mar cheap sé dá dtéadh sé gar d'aon cheann acu a mharú go dtabharfadh na cinn eile cúnamh dó sin agus go maródh na trí cinn é.

Bhí sé ag cuimhneamh ar céard ab fhearr dó a dhéanamh gur tháinig sé orthu i ngan fhios agus scaip sé óna chéile iad. Bhí sé á marú ó cheann go ceann nó gur ith sé na trí cinn ar deireadh de réir mar a theastaigh beatha uaidh a dhéanamh dóibh. Is deacair an cúnamh a bhualadh nuair a chuideodh siad le chéile.

Seanfhocal: Ní neart go cur le chéile.

An Fear agus an Crann Úll

Bhí fear ann uair agus bhí garraí aige gar don doras. Bhí crann úll ag fás ann ach ní raibh an crann ag tabhairt aon toradh. Ní raibh aon mhaith ann, dar leis an bhfear, agus dúirt sé go ngearrfadh sé anuas é, nach raibh sé ach ag déanamh foscaidh do dhreoilíní teaspaigh agus do na meantáin.

Nuair a thosaigh sé ag gearradh bhun an chrainn leis an tua, thosaigh na dreoilíní teaspaigh agus na meantáin ag iarraidh air é a spáráil, go raibh an crann ag déanamh an-fhoscadh agus an-dídean dóibh.

'Má fhágann tú an crann ina sheasamh,' a dúirt siad, 'le é a bheith ag déanamh foscaidh dúinne, beimid ag ceol duit nuair a bheas tú ag obair.'

Níor thug an feirmeoir aon aird dóibh. Bhuail sé arís an tua den chrann agus bhain rúta de, agus bhí ag gearradh an bhun i gcónaí agus céard a gheobhadh sé ach cnuasóg meala a bhí lán suas le mil.

Bhlais sé an mhil agus dúirt sé leis féin gur thug an crann binneas ceoil agus milseacht meala dó.

'Ní ceart dom é a bhaint,' a dúirt sé.

Thug sé aire mhaith don chrann as sin amach agus thug an crann toradh breá an chéad bhliain eile.

Na Gadaithe agus an Coileach

Bhí gadaithe ag dul thart agus tháinigeadar go dtí teach agus ní raibh sa teach ach coileach. Ghoideadar an coileach agus thugadar leo abhaile le é a ithe.

Nuair a bhíodar ag dul ag marú an choiligh d'iarr sé coimrí orthu, go raibh sé úsáideach do dhaoine iad a dhúiseacht luath ins an maidneachan, go raibh a bhlao le cloisteáil agus é ag déanamh lae.

'Sin é an t-údar is mó a bhfuil fonn orainn tú a mharú,' a dúirt na gadaithe. 'Nuair a bhlaonn tusa dúisíonn tú na comharsannaí. Bíonn faitíos orainn go mb'fhéidir go mbeadh muintir an tí ina ndúiseacht agus go leanfaidís muid.'

Buachaill na mBréag

Bhí buachaill beag ann uair agus bhíodh sé amuigh ar na bánta ag tabhairt aire do chaoirigh. Lá amháin thosaigh sé ag fógairt do na comharsannaí agus ag blaoch amach: 'Madra allta! Madra allta!'

Rith na comharsannaí ag ceapadh go raibh madra allta ag tíocht ag marú na gcaorach, go maróidís an madra allta dá bhféadfaidís é. Nuair a tháinigeadar go dtí an áit a raibh an buachaill thosaigh sé siúd ag gáirí fúthu agus ag magadh. D'imigh siad ar ais abhaile.

Rinne sé an cleas céanna an dara lá. D'fhógair sé: 'Madra allta! Madra allta!'

Tháinigeadar arís go ndíbreoidís an madra allta. Rinne an buachaill gáirí agus magadh fúthu.

An tríú lá tháinig an madra allta. Thosaigh sé ag blaoch ar chúnamh ach níor tugadh aon aird air mar cheap na comharsannaí go raibh sé ag déanamh bréag arís. Thug an madra allta caora mhór ramhar leis.

Ní chreidtear an fhírinne ó fhear inste na mbréag.

An Fia Tinn

Bhí fia ann uair agus bhí sé lag le tinneas. Chuaigh sé i gciumhais coille in áit a raibh féar glas bog mín agus bhí súil aige nuair a bheadh sé ag fáil biseach óna chuid tinnis nach mbeadh sé mórán achair ag neartú agus ag feabhsú mar gheall air go raibh rud maith le n-ithe aige gar don áit a raibh sé ina luí.

Bhí na fianna ag tíocht ag breathnú air agus ag féachaint cén chaoi a raibh sé. Níl aon fhia dá raibh ag tíocht nach raibh ag ithe roinnt mhaith den fhéar milis gar don áit a raibh an fia tinn féin.

Faoi dheireadh, nuair a d'éirigh sé, thosaigh sé ag piocadh ruainne agus ag breathnú thart; ní raibh aon bhlas fágtha ag na fianna. Séard a tharla sa deireadh go bhfuair sé bás leis an ocras de bharr a raibh d'fhéar ite ag na cairde a bhí ag tíocht ag breathnú air.

AN FEAR AGUS AN LEON

Chuaigh fear ag fiach amach ins na coillte uair. D'imigh na hainmhithe uaidh nuair a chonaiceadar é ag tíocht. Casadh leon dó agus chuir sé cath air. Bhí an leon ag brath ar an bhfear a mharú.

Bhí bogha agus saigheada ag an bhfear. Scaoil sé saighead de theachtaire ar an bpointe go dtí an leon. Chuaigh an saighead tríd an leon agus bhí sé gortaithe loite.[89]

'Seo chugat an teachtaire seo,' a deir an fear, 'go mbeidh a fhios agat cén sórt mé féin.'

Chuaigh an leon ar shiúl ón bhfear agus é scanraithe go maith. Casadh sionnach dó.

'Tuige,' a dúirt an sionnach, 'go bhfuil tú ag rith mar sin le faitíos roimh an bhfear? Ní ceart duit imeacht mar sin ar an gcéad ionsaí.'

'Is furasta duit a bheith ag caint,' a deir an leon. 'Chuir sé teachtaire an uafáis chugam. Má tá an teachtaire chomh nimhneach sin, is é an diabhal féin an fear.'

Leath de Gach Taobh

Tháinig trioblóid idir na héanacha agus na beithígh agus d'éirigh troid mhór eatarthu. Bhí liabóg leathair ina measc agus ní raibh sé ag dul ar aon taobh. Faoi cheann tamaill bhí na beithígh ag fáil an ceann is fearr agus d'iontaigh an liabóg leathair leis na beithígh mar cheap sé go mba iad ba láidre. Ach faoi cheann tamaill eile fuair na héanacha an lámh in uachtar ar na beithígh.

Is é an chaoi a raibh a leath de gach aon taobh ag an liabóig leathair. I ndeireadh an lae bhí an bua ag na héanacha agus tharla go raibh an liabóg leathair ag troid leo. Ba bheag an mhaith dó é sin mar ní ghlacfadh aon taobh leis ansin.

Sin é an fáth nach ligeann faitíos don liabóig leathair a dhul amach ach fanacht i gcoirnéal dorcha go dtagann deireanas tráthnóna.

An Dall Glic

Bhí fear ann uair agus bhí sé ina dhall. Bhí sé in ann a inseacht chuile ainmhí ina ainm ach a lámh a leagan air.

Tugadh chuige lá madra allta óg. Chuimil sé lámh leis agus dúirt sé nach raibh sé in ann a dhéanamh amach an sionnach nó madra allta óg a bhí ann.

'Ach tá a fhios agam go maith,' a deir sé, 'nach mbeinn sásta pé acu atá ann a ligean i measc na gcaorach.'

Seanfhocal: Céard a dhéanfadh mac an chait ach luch a mharú.
Is treise dúchas ná oiliúint.

Mealladh na Farraige

Bhí fear ann uair agus bhí sé ag tabhairt aire do thréid in aice leis an bhfarraige. An samhradh a bhí ann agus an fharraige, bhí sí ciúin deas. Dúirt sé leis féin lá agus é ina shuí ar an bhfaill go mba dheas an rud é dul ar an bhfarraige.

Dhíol sé amach a thréad agus cheannaigh sé bád a bhí luchtaithe le earraí agus chuaigh sé ina mháirnéalach. Ní mórán achair a bhí sé ag seoltóireacht nuair a tháinig stoirm agus bhris an bád agus chaill sé a raibh aige. Tháinig an fear slán as an gcontúirt gan oiread agus pingin rua ina phóca aige.

Casadh comharsa dó tamall ina dhiaidh sin. Bhíodar ag féachaint amach ar an bhfarraige chiúin arís. Labhair an fear comharsan sin leis.

'Nach álainn an radharc é sin?' a dúirt sé.

'Sea,' a dúirt an fear a chaill a bhád agus a lucht, 'ach ná bac leis sin. Lá mar seo a mheall ar an bhfarraige mise ach ba ghearr an t-achar go raibh sí ar a mhalairt de chaoi.'

An Madra Allta agus an Chorr Scréachóg

Bhí madra allta ann uair agus bhí sé ag súil le bia a fháil. Casadh píosa feola dó agus bhí ocras air mar ba mhinic air é. Thosaigh sé ag ithe na feola faoi dheifir mhóir. Bhí cnámh sa bhfeoil agus chuaigh an cnámh trasna ina mhuineál agus é ag iarraidh an fheoil a shloigeadh.

Bhí sé an-dona. Ní raibh sé in ann an cnámh a chur siar agus ní raibh sé in ann é a chur aniar. Ní raibh a fhios aige céard a dhéanfadh sé. Cheap sé gur gearr an t-achar go mbeadh sé tachta ag an gcnámh mura bhféadfadh sé é a fháil as.

Bhí sé ag imeacht thart in áit a bhfaigheadh sé éan ar bith a bhainfeadh an cnámh as a mhuineál. Ní raibh sé ag fáil aon fhuascailt ná aon ruainne cabhrach a bhainfeadh as é. Ach faoi dheireadh casadh corr screachóg dó. Bhí gob fada uirthi agus muineál fada. D'iarr an madra allta uirthi a gob a chur siar ina mhuineál agus dúirt sé go dtabharfadh sé luach saothair mór di ach an cnámh a fháil as a phíobán.

'Níl tarraingt na hanála agam,' a deir sé. 'Tá sé do mo thachtadh bog te.'

Chuir an chorr scréachóg a gob fada siar agus thug sí léi an cnámh aniar.

'Cá bhfuil mo luach saothair anois?' a dúirt an chorr scréachóg.

'Ba chóir duit a bheith buíoch díom nár bhain mé an ceann díot,' a dúirt an madra allta.

An tIolrach agus an Préachán

Lá amháin d'imigh iolrach mór dá charraig agus shocraigh sé é féin ar dhroim uan beag caorach agus chroch sé leis é go dtí a nead féin. Bhí crann ag fás i ngar do nead an iolraigh agus bhí áit chónaithe ag préachán ar bharr an chrainn seo.

Chonaic an préachán an obair a bhí déanta ag an iolrach agus ba mhaith leis féin an cleas céanna a dhéanamh. D'imigh leis agus sheas sé san áit a raibh reithe caorach. Sheas an préachán ar dhroim an reithe ach bhí an olann chomh fada sin go ndeachaigh crobha an phréacháin i bhfostú inti agus ní raibh sé in ann aon eiteall a dhéanamh.

Rinne an préachán a sheacht míle dícheall éirí san aer, ach ní raibh aon mhaith dó ann. Chuala maor na gcaorach an torann a rinne sé, rug sé air, tharraing sé na cleiteacha as a chuid sciathán agus thug sé an préachán bocht do na páistí le haghaidh súgradh.

Má bhíonn duine ag iarraidh aithris a dhéanamh ar a chomharsannaí ní bhíonn sé ach ag déanamh amadáin de féin.

Na Froganna agus an Rí

Bhí scata froganna ann uair agus d'éirigh siad tuirseach den saol suaimhneach a bhí acu. Chruinnigh siad le chéile agus dúirt siad go mba mhaith leo rí a bheith acu a chuirfeadh múineadh orthu agus maireachtáil ní ba dheise.

Tharla an t-am sin go raibh Iúpatar ag éisteacht leis an gcaint agus thosaigh sé ag gáirí faoina gcuid díchéille. Rug sé ar chlár mór adhmaid agus chaith sé isteach san uisce é agus dúirt sé: 'Seo dhaoibh rí anois!'

Rinne an clár oiread sin slopar slapar san uisce gur scanraigh sé na froganna óga i dtosach, ach ba ghearr go ndeachaigh siad suas air. Ní raibh siad róshásta mar bhí an rí seo róshocair dóibh. Ba mhaith leo rí eile.

Ansin chuir Iúpatar corr scréachóg chucu, ach ní raibh sí seo i bhfad gan scrios a dhéanamh orthu. Bhí sí á marú chomh tréan agus a bhí sí ag tíocht suas leo.

Bhí siad i gcruachás ceart agus d'iarr siad ar Mercury labhairt le Iúpatar ar a son agus an rí a thabhairt ar ais.

'Ní thabharfad,' a deir Iúpatar. 'A gcuid díchéille féin is cionnsiocair leis an sciúirse atá orthu anois.'

Seanfhocal: Bí sásta le maith go leor a fhágáil mar a bhí.

An Patar Uisce agus na Coiligh

Fuair fear áirid patar uisce agus phioc sé cuid de na cleiteacha as a sciatháin agus chuir sé isteach san iothlainn é san áit a raibh géim choiligh. Rinne na coiligh saol an-chrua den phatar uisce bocht. Bhí siad i gcónaí ag spiochadh [sic!] air agus ag baint de a chuid beatha. Cheap an patar uisce go raibh sin an-aisteach agus gurbh iad an dream ba mhíréasúnaí ar an domhan.

Thug sé faoi deara freisin go raibh na coiligh féin i gcónaí ag troid le chéile. Thug sin sólás dó féin. Ní raibh aon ionadh air iad a bheith chomh holc agus chomh dian air féin agus gan iad in ann ceart a bhaint as a chéile.

Ba cheart dúinn stop a chur le troid eadrainn féin. Má thosaítear uair ar bith é is deacair stop a chur air, agus bíonn sé ina chionnsiocair daoine eile chomh maith linn féin a dhéanamh míshásta agus míchompordach.

An Gasúr agus an Neantóg

Bhí gasúr beag ag imirt sa ngarraí lá agus dhóigh neantóg a lámh. Rith sé isteach chuig a mháthair agus é ag caoineadh leis an bpéin.

'A mhamaí,' a deir sé, 'tá an phian go dona. Níor chuir mé ach barr mo mhéire ar an neantóig ghránna.'

'Sin é an fáth díreach gur dhóigh an neantóg do lámh,' a deir an mháthair. 'An chéad uair eile a mbeidh tú ag plé le neantóig, beir greim docht crua uirthi. Beidh sí ansin chomh mín le síoda faoi do láimh. Ní dhófaidh sí ar chor ar bith thú.'

Obair nach bhfuil taitneamhach, is fearr í a dhéanamh go dána.

An Mhíoltóg agus an Tarbh

Chaith míoltóg achar fada lá ar adhairc tairbh. Bhí sí chun imeacht ansin agus rinne sí geonaíl bheag thart ar shúile an tairbh. D'fhiafraigh sí den tarbh ar mhaith leis í a bheith ag imeacht uaidh.

'Ní raibh a fhios agam,' a deir an tarbh, 'go raibh tú ansin agus ní aireoidh mé uaim thú nuair a bheas tú imithe.'

Is dóigh le gach duine gur mór le rá é féin.

An Sionnach agus an Leon

Chuala beithígh na coille uair go raibh leon tinn. Cheap siad go mb'fhearr dóibh cuairt a thabhairt ar an leon agus go mbeadh siad ina gcairde leis as sin amach. Ach níor tháinig an sionnach ar chor ar bith. Chuir an leon fios ar an sionnach agus d'fhiafraigh de cén fáth nach dtáinig sé.

'Ó,' a deir an sionnach, 'glacaim pardún agat, a leoin uasail. Tháinig mé cúpla uair ag breathnú ort ach chonaic mé i gcónaí lorg cos mo chairde uilig ag dul chuig d'áit chónaithe, ach ní fhaca mé riamh lorg a gcos ag tíocht ar ais.'

Is é scéal é go raibh an ceart ag an sionnach. Cleas a bhí ar bun ag an leon le haghaidh na beithígh a mharú. Bhí sé an-éasca aige sin a dhéanamh nuair a chuadar ar cuairt chuige.

Gearán na Péacóige

Uair amháin rinne péacóg a gearán le Juno. Dúirt sí nach raibh sí sásta ar chor ar bith nach raibh guth álainn aici mar cheoltóir na hoíche. Dúirt sí go raibh chuile dhuine ag éisteacht le ceol an éin seo agus ag baint aoibhnis as, agus nach raibh siad ach ag gáirí faoina guth garbh féin.

Bhí Juno an-mhíshásta mar gheall ar ghearán an éin ba mhó a thaitnigh leis agus rinne sé iarracht í a dhéanamh sásta.

'Tá tusa an-álainn,' a deir sé. 'Mura bhfuil guth féin agat tá tú mór thairis an éan sin.'

'Is cuma liom a bheith mór,' a deir an phéacóg, 'nuair nach bhfuil guth binn agam.'

Mhínigh Juno an scéal di ansin.

'Fuair gach créatúr,' a deir sé, 'an rud a ceapadh ab fhearr dó féin. Tugadh áilleacht duitse, a phéacóg. Tugadh neart don iolrach, guth breá don ghabhlán gaoithe, cumhacht chainte don phearóid agus rinneadh an colm neamhurchóideach.'

Ba cheart do chuile dhuine a bheith sásta lena bhua féin. Ní haon mhaith a bheith ag gearán.

Na Fir Siúil agus an Béar

Bhí beirt fhear ag siúl san gcoill lá agus rinneadar suas a n-intinn dá mbeadh aon chontúirt orthu go n-ionsódh an bheirt acu le chéile í. Ní raibh mórán siúlta acu gur éirigh béar mór amach as an gcoill. Chonaic duine de na fir ag tíocht é. Bhí an fear seo éadrom tanaí agus ar an bpointe a bhfaca sé an béar, rith sé suas i gcrann.

Bhí an fear eile an-ramhar agus ní raibh aon ghaisce leis ag dreapadóireacht. Ní raibh am aige ach luí síos ciúin socair ar an talamh. Tháinig an béar suas go dtí é agus thosaigh sé á bholú. Cheap an béar go raibh an fear marbh agus d'imigh sé leis arís agus bhí an fear sábháilte.

Tháinig an fear éadrom anuas as an gcrann. D'fhiafraigh sé den fhear ramhar céard a dúirt an béar leis.

'Cheap mé,' a deir sé, 'gur chuir an béar a bhéal gar do do chluais.'

'Dúirt sé liom,' a deir an fear eile, 'gan mo mhuinín a chur níos mó i rógaire mar thusa.'

Aithnítear an cara in am an chruatain.

An Sionnach gan Drioball

Bí sionnach ann uair agus chuaigh sé i dtrap, agus d'fhág sé a dhrioball ina dhiaidh ach d'éirigh leis féin imeacht. Bhíodh an oiread náire air go minic gur iomaí uair ba mhaith leis dá maraíodh sa trap é an uair a chaill sé an drioball ann. Mar sin féin bhí sé chomh maith aige a bheith sásta leis féin.

Lá ansin cruinnigh sé na sionnaigh agus bhí chuile shionnach sa taobh tíre i láthair. Labhair sé leo.

'Is mór an mí-ádh,' a deir sé, 'drioball ar shionnach ar bith. Rud gránna gan mhaith é. Tá sásamh mór orm féin ó chaill mé mo dhrioball. Molaimse, a chairde, do chuile shionnach a dhrioball a ghearradh.'

Níor thaitnigh an chaint seo le seansionnach a bhí ag éisteacht.

'Is beag an baol go ndéarfaí linn na driobaill a bhaint dínn murach nach féidir leat do dhrioball féin a fháil ar ais.'

Seanfhocal: Fág an tír nó bí sa bhfaisiún.

An Coileach agus an Seod

Bhí coileach ag cartadh ar an gcarn aoiligh lá agus céard a chart sé suas as an aoileach ach seod luachmhar.

Bhí a fhios ag an gcoileach go maith céard a bhí ann mar chonaic sé an rud ag soilsiú go hálainn faoin ngréin. Ní raibh a fhios aige, ámh, céard a dhéanfadh sé leis an seod. Chroith sé a sciatháin agus a chloigeann agus chuir sé snua nach raibh an-deas air féin agus dúirt sé leis an seod:

'Go deimhin, is álainn an rud thú, ceart go leor, ach níl a fhios agam cén graithe atá agat anseo. Ní miste liom a inseacht duit go mb'fhearr liom gráinne amháin eorna ná a bhfuil de sheoid luachmhara faoin ngréin.'

Tá daoine aineolacha ar an saol agus nuair nach dtuigeann siad rud bíonn siad ag ligean orthu féin gur fearr leo go mór rud eile.

An Fiagaí agus an Fear Coille

Fear faiteach, mímhisniúil, chuaigh sé lá ag fiach. Theastaigh uaidh lorg cos leoin a fháil san gcoill. Tháinig sé go dtí fear coille a bhí ag obair agus d'fhiafraigh an fiagaí de an bhfaca sé lorg cos leoin thart ansin nó an raibh a fhios aige cá raibh uachais an leoin.

'Chonaic mé,' a dúirt an fear coille. 'Rachaidh mé leat anois agus taispeánfaidh mé duit an leon mór é féin.'

Tháinig dath an pháipéir ar an bhfear. Thosaigh a chuid fiacla ag bualadh ar a chéile leis an bhfaitíos a bhí air.

'Níor iarr mé ort sin a dhéanamh,' a deir sé. 'Ní theastaíonn uaim ach lorg a chos.'

Is minic an duine is mó caint is lú gníomh.

An Fia agus an Tobar

Bhí fia lá amháin ag ól uisce as tobar agus chonaic sé é féin ins an uisce. Bhí sé chomh sásta leis féin gur fhan sé tamall maith ag féachaint ar a scáile.

'Nach breá na hadharca beannacha atá orm!' a deir sé leis féin. 'Nach breá ard iad os cionn mo chloiginn. Nach mór an trua é nach bhfuil an chuid eile de mo cholainn mar iad. Dá mbeadh, ní bheadh beann agam ar aon duine. Ach, faraor géar,' a deir sé, 'tá cosa orm a mhillfeadh rud ar bith. Tá mo dhóthain náire orm mar gheall orthu. Is míle trua na crúba gránna orm ar chor ar bith.'

Bhí an fia tamall maith ag caint leis féin mar sin ach, i gceann tamaill, chuala sé daoine ag tíocht ar a thóir. Bhí siúl maith go leor faoi gur casadh isteach i gcoill mhóir é. Chuaigh na hadharca i bhfostú ins na craobhacha agus ní raibh sé in ann imeacht.

Tháinig na fir fiaigh chomh fada leis agus mharaigh siad é. Thuig an fia ansin an dearmad a rinne sé ag moladh na n-adharc a tharraing an mí-ádh air. Thabharfadh na cosa nach raibh meas ar bith aige orthu slán as an gcontúirt é murach na hadharca beannacha.

An Coileach agus an Sionnach

Chuaigh sionnach i dtrap a bhí socraithe ag feilméara dó. Chonaic coileach é agus tháinig sé go dtí an áit a raibh sé.

'Ó, a chara dhílis,' a deir an sionnach, 'féach céard a tharla dom mar gheall ortsa. Cheap mé tú a fheiceáil sula rachainn abhaile. Ag féachaint cén chaoi a raibh tú a tháinig mé. Ach tharla an timpiste seo dom. Iarraim ort anois, a chara, scian a fháil dom a ghearrfas an rópa seo.'

D'éist an coileach lena chuid cainte ar feadh tamaill agus rith sé go dtí an feilméara, agus d'inis sé dó go raibh an sionnach i dtrap. Tháinig an feilméara agus tua ina láimh san áit a raibh an sionnach. Thug sé buille don sionnach agus mharaigh sé é.

Níl rud ar bith chomh deas le bheith cineálta leo seo atá i dtrioblóid ach, ag an am céanna, ní mór do dhuine a fhios a bheith aige an bhfuil sé tuillte acu.

AN DÁ FHROG

Samhradh an-te a bhí ann. Bhí na locha agus na portaigh ar fad beagnach tirim. Bhí cúpla frog ag tóraíocht uisce agus bhí sé ag clis orthu aon deor uisce a fháil.

Faoi dheireadh thiar thall tháinig siad chuig tobar a bhí an-domhain. Ní raibh a fhios acu cé ab fhearr dóibh léimneach isteach sa tobar nó gan léimneach. Glacadh comhairle le chéile ar an bport. Ba mhaith le ceann acu dul isteach ar an bpointe.

'B'fhéidir go bhfuil an ceart agat,' a deir an frog eile. 'Mar sin féin ní maith liom dul isteach. Má thriomaíonn an t-uisce anseo freisin, cén chaoi a dtiocfaimid amach as?'

Seanfhocal: breathnaigh sula léimir.

An Mhíoltóg agus an Leon

Tháinig míoltóg lá chun cainte le leon.

'Níl faitíos ar bith orm romhatsa,' a deir an mhíoltóg. 'Níl tusa níos láidre ná mé. Tig leat stracadh le do chrúba agus rudaí a ghearradh le do chuid fiacla. Ach deirimse leat gur mó mo neart ná do neart. Má tá tú in amhras faoi sin, fógraím cath ort. Bíodh sé ina chogadh eadrainn.'

Leis sin thosaigh an mhíoltóg ag crá an leoin. Chuir sé ga ina phollairí agus ina éadan. Tháinig fearg mhór ar an leon. Rinne sé iarraidh an mhíoltóg a mharú lena chrúba móra. Ní dhearna an leon ach é féin a ghortú go dona mar bhí an mhíoltóg róthapaidh dó.

Tamall ina dhiaidh sin chuaigh an mhíoltóg chéanna i bhfostú in eangaigh damháin alla agus tháinig an damhán alla á ithe.

'Féach anois,' a dúirt an mhíoltóg, 'bhí mé in ann cath a thabhairt don bheithíoch is mó agus is láidre dá bhfuil ann. Agus an damhán alla seo nach bhfuil ach beagán níos mó ná mé féin, tá sé in ann mé a leagan ar lár.'

FEAR NA COILLE AGUS AN PHÉIST NIMHE

Lá amháin a raibh sneachta ar an talamh fuair fear a bhí ag obair i gcoill péist nimhe a bhí i ngar do bheith caillte leis an bhfuacht. Ghlac an fear trua dó agus thug sé an phéist abhaile leis agus chuir sé i ngar don tine í. Ní raibh sí i bhfad ansin gur thosaigh sí ag beochan agus nuair a d'éirigh sí sách láidir céard a rinne sí ach bean an tí agus na páistí a ionsaí.

Nuair a chuala fear an tí an screadach ag iarraidh cúnamh rith sé go dtí an chistin. Chonaic sé an obair a bhí ar bun ag an bpéist. Rug sé ar thál agus mharaigh sé í.

'Seo é an chaoi,' a deir an fear, 'a thaispeáin tú do bhuíochas don té a shábháil thú agus seo é an bás atá tuillte agat anois.'

Ná déan olc in aghaidh maitheasa.

An Scamall agus an Cnoc

Bhí triomacht mhór ann. Níor thit deor báistí le breis agus mí. Bhí an talamh lom agus na plandaí buí cheal uisce. Ní raibh deoch ag na beithígh agus bhí na daoine ag breathnú ar an spéir ag súil go bhfeicfidís scamall.

Lá amháin chonaiceadar scamall beag i bhfad uathu. Ba ghearr go raibh an spéir dubh. Bhí áthas mór ar mhuintir an ghleanna. Ach ghabh an múr thart gan braon a ligean anuas ar an talamh tirim. Thit an bháisteach uilig sa bhfarraige agus ghlan an spéir arís.

Labhair an scamall leis an gcnoc.

'Nach mé atá flaithiúil,' a deir sé. 'Féach nár choinnigh mé deor nár lig mé anuas.'

'Sea, díreach,' a deir an cnoc. 'Steall tú an bháisteach sa bhfarraige áit nach raibh aon ghá le triomacht. Níor thug tú deoch ar bith don talamh atá chomh tirim le snaois.'

Daoine a bhfuil saibhreas le bronnadh acu ba cheart dóibh é a bhronnadh ar dhaoine a bhfuil gá acu leis.

An Gadhar agus an Madra Allta

Casadh gadhar agus madra allta dá chéile. Bhí an madra allta tanaí agus leathchaillte leis an ocras, agus an gadhar bhí sé go breá mór ramhar.

'Is breá ramhar atá tú ag breathnú,' a deir an madra allta, 'agus mise bocht ag féachaint go bhfuil mé ag fáil ocrais.'

'Dá mbeadh tusa ag maireachtáil mar mise,' a deir an gadhar, 'bheadh tú chuile orlach chomh breá mór liom.'

'Céard atá tú a dhéanamh?' a deir an madra allta.

'Níl faic le déanamh agam ach ag tabhairt aire do theach mo mháistir agus á ghardáil ar robálaithe.'

'Dhéanfadh mise an obair chéanna,' a deir an madra allta, 'mar tá saol an-chrua agam faoi láthair. Fágfaidh mé m'áit lóistín ins an gcoill agus beidh foscadh agam in m'áit nua ó shneachta, sioc agus báisteach.'

'Lean mise mar sin,' a deir an gadhar.

Ní raibh mórán siúlta acu gur thug an madra allta faoi deara lorg rópa faoi mhuinéal an ghadhair. D'fhiafraigh sé de céard a bhí timpeall a mhuinéil.

'Ní tada é sin,' a deir an gadhar. 'Tá mé roinnt fiáin agus bíonn rópa timpeall mo mhuinéil sa lá le faitíos go mbéarfainn greim ar aon duine. Nuair a thagann an oíche ligtear amach mé agus tá cead agam a dhul in mo rogha áit. Tugann mo mháistir neart beatha le n-ithe dom.'

'Níl mé ag tíocht níos faide,' a deir an madra allta. 'Ní chuirfear aon cheangal faoi mo mhuineál ar a bhfuil de bheatha sa domhan. Is fearr liom cead mo choise a bheith agam. Dá ndéanfadh do mháistir rí díom, ní rachainn leat.'

Seanfhocal: Beatha dhuine a thoil.

An Madra Allta i gCóta Caorach

Uair amháin ghléas madra allta é féin i gcóta caorach agus d'imigh leis i measc na gcaorach. Cheap maor na gcaorach gur caora a bhí ann go cinnte agus d'fhág sé leis an tréid caorach é.

Bhí an madra allta an-leithíoch anois faoi go raibh sé chomh cliste agus bhí sé ag cuimhneamh ar an bhféasta breá a bhí amach roimhe. Cheap sé go mbeadh togha agus rogha na gcaorach le n-ithe aige gan ach breith ar an gcaora ba ghaire dó agus imeacht leis ansin sula bhfaighfí greim air.

Ach ní mar a síltear bítear. Nuair a chuaigh maor na gcaorach abhaile dúradh leis dul arís go dtí an buaile agus caora a fháil i gcomhair suipéar a mháistir.

D'imigh leis ar ais agus leis an dorchadas céard a rinne sé ach an madra allta a thabhairt leis in áit caorach. Mharaigh sé é ar an bpointe.

Seanfhocal: Filleann an feall ar an bhfeallaire.

AN tASAL AGUS AN GADHAR

Bhí asal agus gadhar ag imeacht le chéile lá agus bhí ualach aráin ar an asal. Bhí bealach fada le siúl acu agus tháinig ocras orthu. Stad an t-asal agus thosaigh sé ag ithe fothannán ar thaobh an bhóthair. Nuair a chonaic an gadhar é ag ithe d'iarr sé píosa aráin air.

'Ní thabharfaidh mé,' a deir an t-asal. 'Má tá ocras ort caithfidh tú bia a fháil duit féin ar an mbóthar. Níl aon bhlas le spáráil agam.'

Tamall ina dhiaidh sin chonaiceadar madra allta i bhfad uathu agus é ag déanamh orthu. Thosaigh an t-asal ag crith leis an eagla. D'iarr sé ar an ngadhar é a chosaint ar an madra allta.

'Ní bhfaighidh tú aon chúnamh uaim,' a deir an gadhar. 'D'iarr mé arán ort agus níor thug tú dom é. Tá tú ag iarraidh cúnamh orm anois. Ní sheasfaidh mise an fód duit.'

Aithnítear cara i gcruatan.

An Ceann Cait agus an Píobaire Fraoigh

Bhí seancheann cait ina chodladh go socúlach i gcrann ach thosaigh píobaire fraoigh ag ceol faoin gcrann agus dhúisigh sé é. Ní raibh an ceann cait in ann a thuilleadh suaimhnis a dhéanamh. Bhí an píobaire fraoigh ansin ag tabhairt gach masla dó, á rá gur cladhaire mór a bhí ann, go raibh faitíos air tíocht as a nead ins an lá.

'B'fhearr leat an oíche a bheith agat mar a bheadh gadaí ar bith ann,' a deir an píobaire fraoigh.

D'iarr an ceann cait air fanacht socair ach ní raibh aon mhaith ina chaint. Bhí an-fhearg ar an gceann cait agus chuimhnigh sé ar bheart a chuirfeadh stop b'fhéidir ar an bpíobaire.

'Anois,' a deir an ceann cait, 'tá mé coinnithe in mo dhúiseacht agat. Tá áthas orm go bhfuil glór chomh hálainn sin agat. Caithfidh mé a rá go bhfuil do ghlór níos binne ná ceol na cláirsí, agus tá buidéal iontach agam anseo. Más maith leat lán do bhéil a bheith agat, an méid a fhliuchfas do scornach.'

Bhí bród an domhain ar an bpíobaire faoin moladh, mar dhea, a fuair sé. Tháinig sé chomh fada leis an gceann cait. Rug an ceann cait greim air agus mharaigh sé é.

Seanfhocal: Déan do dhaoine eile mar déanann siad duit.

An tAsal agus an tUalach Salainn

Chuaigh fear ag ceannach salainn. Chuir sé ualach mór den salann ar a asal agus sheol sé leis abhaile. Ar an mbealach abhaile bhí orthu dul thar abhainn. Nuair a bhí siad leathbhealaigh thar an abhainn thit an t-asal isteach san uisce agus an t-ualach air. Thosaigh an salann ag leá leis an uisce agus is gearr go raibh an t-asal ar bhruach na haibhne arís.

Bhí áthas ar an asal mar bhí sé sábháilte agus ní raibh aon ualach air. Ní raibh sé i bhfad ina dhiaidh sin gur theastaigh plúr ón bhfear céanna. Chuaigh sé go dtí an siopa arís agus an t-asal aige. Ar an mbealach abhaile dóibh chuimhnigh an t-asal ar an sruth ar thit sé isteach ann agus a bhfuair sé réidh leis an ualach trom a bhí air.

Nuair a tháinig sé chomh fada leis an abhainn céard a rinne sé ach é féin a chaitheamh isteach san uisce go mbeadh sé réidh leis an ualach arís. Ach ba mhór an dearmad a rinne sé. Is é an chaoi ar mhéadaigh an t-ualach. Bhí dhá oiread ualaigh le n-iompar abhaile aige ach chaith sé a bheith sásta leis féin.

Seanfhocal: Ní mar a síltear bítear.

An Capall agus an tAsal

Bhí capall agus asal ag siúl an bóthar lá. Bhí ualach mór trom ar an asal ach bhí an capall saor gan ualach ar bith. Bhí an máistir ba leis an dá cheann acu lena gcois.

Bhí an t-asal bocht marbh leis an ualach trom a bhí air agus d'iarr sé ar an gcapall an t-ualach a iompar ar feadh scaithimh. Ba bheag an aird a thug an capall air. Ní thabharfadh sé cabhair ná cúnamh don asal bocht. Faoi dheireadh ní raibh an t-asal in ann a dhul níos faide. Thit sé ar an talamh agus fuair sé bás.

Rinne an máistir a dhícheall ag iarraidh biseach a dhéanamh dó ach bhí sé rómhall. Thóg an máistir an t-ualach de agus chuir sé ar dhroim an chapaill é. Chuir sé iallach air an t-asal caillte a iompar freisin. Chaith sé an dá ualach a iompar ansin gan buíochas ar bith.

Ba cheart dúinn i gcónaí a bheith réidh lámh chúnta a thabhairt dár gcairde.

An Leon agus an Tarbh

Theastaigh ó leon tarbh mór a mharú agus a ithe. Thug sé cuireadh don tarbh tíocht ar cuairt chuige agus dúirt sé go n-íosfaidís caora mhór rósta ag an dinnéar.

Tháinig an tarbh mar a dúradh leis. Chonaic sé an oiread sin potaí móra agus soitheach gur tháinig scanradh air. Chonaic sé bior mór le haghaidh rósta freisin. Rith sé amach gan mórán moille.

'Cá bhfuil tú ag dul?' a deir an leon.

'Tá mé ag dul abhaile,' a deir an tarbh. 'Tá mé ag ceapadh ón réiteach atá déanta agat nach caora rósta a bheas agat le haghaidh do dhinnéir. Is cosúil gur fearr leat tarbh rósta ná caora rósta.'

Is maith an rud é a bheith san airdeall i gcónaí.

Iascaire an Cheoil

Bhí iascaire ann agus bhí sé an-tugtha do cheoltóireacht. Lá amháin thug sé leis go dtí an cladach a chuid eangach agus a fheadóg. Chuir sé an eangach ag bun carraige. Sheas sé ar an gcarraig agus thosaigh sé ag seinm ceoil ar a dhícheall. Bhí sé ag ceapadh go gcuirfeadh a chuid ceoil na héisc ag damhsa agus go léimfidís isteach san eangaigh ag bun na carraige.

Bhí dul amú air. Níor mheall an ceol iasc ar bith san eangaigh. D'éirigh sé tuirseach den cheol. Chaith sé an eangach amach sa bhfarraige agus ba ghearr an t-achar gur tharraing sé isteach í agus ualach trom inti.

Bhreathnaigh sé ansin ar na héisc ag léimnigh san eangaigh ar an gcloich.

'Is aisteach an dream sibh,' a deir sé. 'Bhí mise ag déanamh ceoil daoibh agus ní dhéanfadh sibh damhsa dom. Tá sibh ag damhsa go meidhreach anois agus an ceol thart.'

An Fiach Dubh agus an Eala

Chonaic fiach dubh eala uair agus thug sé na cleiteacha bána deasa faoi deara. Bhí sé achar fada ag déanamh iontais den chlúmh bhán ar an eala. Cheap an fiach dubh sa deireadh gurbh é uisce na haibhne a nigh chomh maith é.

D'fhág an fiach dubh a nead féin agus chuaigh sé chun cónaithe ar an loch. Níodh sé é féin fiche uair sa lá san uisce ach ba chuma sin. Níor athraigh a dhath. Bhí a chuid cleiteacha chomh dubh ag an deireadh agus a bhí siad an chéad lá. Ba ghearr an t-achar go bhfuair sé bás leis an bhfuacht agus leis an ocras.

Seanfhocal: Is treise dúchas ná oiliúint.

An Ghrian agus an Ghaoth

Bhí an ghrian agus an ghaoth ag caint le chéile lá.

'Is láidre go mór mise ná thusa,' a deir an ghaoth.

'Ní dóigh liom sin,' a deir an ghrian, 'ach is furasta an scéal a réiteach eadrainn agus a dhéanamh amach cé againn is láidre.'

'An bhfeiceann tú an fear sin thíos agus an cóta mór air?' a deir an ghrian. 'Feicimis cé againn is túisce a bhainfidh an cóta mór sin de. An bhfuil tú sásta é a thriail?'

'Lánsásta,' a deir an ghaoth.

Thosaigh an ghaoth ag séideadh agus ag séideadh go raibh sé ina ghála.

'Nach dona an stoirm atá ann,' a deir an fear leis féin, agus d'fháisc sé a chóta thart air. Shéid an ghaoth níos treise fós go raibh na crainnte agus na tithe á leagadh.

Chrom an fear síos faoin gclaí san áit a raibh foscadh agus d'fhan sé ann gur éirigh an ghaoth tuirseach.

Thosaigh an ghrian ag taitneamh ansin agus ba ghearr an t-achar gur tháinig an fear amach ar an mbóthar arís agus gur bhain sé an cóta mór de.

Seanfhocal: Is treise an cineáltas ná an neart go minic.

Fear na Gaisce

Fear a raibh go leor tíortha i gcéin siúlta aige bhí sé lá ag cur síos ar na gníomhartha a rinne sé i gcéin agus ag déanamh gaisce mar gheall orthu. D'inis sé do na fir a bhí ag éisteacht leis go ndearna sé gníomh ní ba mhó ná mar a rinne aon fhear eile ina lá. Is é an gníomh sin léim fhada a chaitheamh. Dúirt sé freisin go bhféadfadh fear ar bith i Rhodes a inseacht go raibh an ceart aige.

Ach bhain duine de na fir a bhí ag éisteacht leis an focal as a bhéal agus dúirt:

'Anois, a dhuine chóir, más fíor duit an chaint seo, níl aon chall duit dul go Rhodes i gcomhair cruthúnais. Abair gurb é seo Rhodes agus caith léim fhada eile agus cífimid [sic!] muid féin an t-iontas.'

Ná déan an iomarca cainte faoi do ghníomhartha. Is fearr go mór duine eile do do mholadh.

An Fear a Bhí ag Iascach

Bhí fear lá amháin ag obair go crua ag cur eangach trasna srutha. Cheangail sé rópa fada le cloich agus tharraing sé an chloch anonn is anall san uisce leis an iasc a chur isteach ins na mogaill.

Chonaic duine de na comharsannaí céard a bhí ar siúl ag an bhfear. Tháinig sé chomh fada leis agus dúirt go cantalach crosta leis nár cheart dó a bheith ag corraí an uisce a bhí le n-ól ag muintir na háite.

'Is trua liom do chás,' a deir an fear a bhí ag iascach. 'Seo é an tslí bheatha atá agamsa. Mura gcorróinn an t-uisce, ní bhfaighinn iasc ar bith.'

Ná bí ag clamhsán má bhíonn daoine eile ag iarraidh slí bheatha a bhaint amach dóibh féin. Ní ceart a iarraidh orthu éirí as an obair chun tú féin a shásamh.

An Mhuc, an Gabhar agus an Chaora

Bhí muc agus caora agus gabhar istigh sa gcró agus an doras dúnta ina n-aghaidh. Lá amháin rug an maor ar an muic. Thosaigh sí ag sianaíl agus ag cur gnús mísh ásta aisti ag iarraidh éalú ón maor.

Chuir an ghnúsacht an dá ainmhí eile ag crith leis an eagla.

'Is minic,' a deir siad, 'a bheireann sé orainn agus ní chuireann muid oiread agus béic asainn.'

'Ní hionann scéal é,' a deir an mhuc. 'Beireann sé oraibh an uair a theastaíonns olann nó bainne uaidh. Má bheireann sé orm, mo chuid feola a theastaíonns uaidh.'

Seanfhocal: Ag an duine féin is fearr a fhios cá luíonn an bhróg air. A scéal féin scéal gach aon duine.

An Fia ar Leathshúil

Bhí pocfhia ar féar cois na farraige uair agus bhí sé de mhí-ádh air go raibh sé ar leathshúil. Ar fhaitíos go dtiocfadh lucht fiaigh air i gan fhios ba mhaith leis i gcónaí an tsúil gan amharc a choinneáil ar thaobh na farraige. Cheap sé nach mbeadh baol ar bith air ón taobh sin.

Lá amháin bhí bád ag dul thart agus chaith fear an bháid saighead leis agus thit an fia bocht. Labhair sé leis féin agus é ag fáil bháis.

'Féach anois mé ar lár,' a deir sé. 'Tháinig an t-urchar ón aird nach raibh mé ag súil leis. Níor bhuail timpiste ar bith mé ón taobh a raibh amharc maith agam air.'

Is minic a thaganns an chontúirt ón áit nach mbíonn aon súil againn leis.

An Fear Saibhir agus an Gréasaí

Bhí gréasaí ann uair agus bhí sé an-sásta leis féin agus lena shaol. Bhíodh sé ag gabháil fhoinn ó mhaidin go hoíche.

Tharla go raibh fear saibhir ina chónaí gar dó agus bhí sé cráite le síorcheol an ghréasaí. Theastaigh uaidh go géar an ceol a stopadh. Chuimhnigh sé ar phlean. Chuaigh sé go dtí an gréasaí agus d'fhiafraigh sé de cén tuarastal a bhí ag dul dó in aghaidh na bliana.

'Níl agam ach tuairim is leithchéad coróin sa mbliain,' a deir an gréasaí, 'ach tá mé lánsásta.'

'Tá go maith,' a deir an fear saibhir, 'seo bronntanas duit.'

Shín sé mála agus céad coróin ann chuig an ngréasaí. Chuir sin áthas an domhain ar an bhfear bocht. Chaith sé an chuid eile den lá ag iarraidh a dhéanamh amach cén áit ab fhearr leis an gciste a chur i bhfolach. Bhí faitíos air ansin go gcaillfeadh sé é agus ba ghearr go raibh sé chomh buartha ina intinn nach raibh aon … uaidh. Ba é an fe … ar an mbaile é. (Téacs lochtach).

An tAsal agus an Gadhar

Thug asal faoi deara go raibh an gadhar ina pheata agus ba mhaith leis féin a bheith go mór leis an máistir freisin.

'Caithfidh mé faire ar an ngadhar,' a deir an t-asal, 'go bhfeice mé cén fáth gur fearr leis an máistir é sin ná mise.'

Chaith sé cúpla lá ag breathnú ar an bhfáiltiú a chuireadh an gadhar roimh an máistir.

'Tuigim an scéal i gceart anois,' a deir an t-asal leis féin. 'Nuair a fheiceanns an gadhar an máistir ag tíocht léimeann sé roimhe ar an mbóthar. Tosaíonn sé ag tafann, agus, má bhíonn deis aige, cuireann sé a lapaí ar ghlúin an mháistir. Sin é an fáth a bhfuil siad chomh mór sin le chéile.'

An chéad uair eile a chonaic an t-asal an máistir ag tíocht, thosaigh sé ag blaoch chomh hard agus a bhí sé in ann. Chaith sé a chosa san aer, chroith sé a dhrioball agus rinne sé iarraidh a chosa tosaigh a chur ar ucht a mháistir.

Ach níor mheall sin an máistir. Is éard a rinne sé bata a fháil agus léasadh maith a thabhairt don asal díchéillí.

Gach ainmhí de réir a dhúchais.

Trí Iasc

Bhí trí iasc ag snámh le chéile i lochán. An chéad iasc bhí sé ciallmhar glic. An dara ceann bhí beagán céille aige, ach ní raibh splanc ar bith ag an tríú ceann. Chonaic fear iad agus ghabh sé abhaile lena chuid eangach a fháil.

'Caithfidh mé bogadh liom as an loch seo,' a deir an chéad iasc leis féin.

D'imigh sé leis as an loch le fánaí san abhainn.

Tar éis tamaill tháinig an fear ar ais agus an eangach aige. An chéad rud a rinne sé damba a chur san abhainn. Ba mhaith leis an dara hiasc imeacht leis ach bhí sé ródhéanach aige. Chuimhnigh sé ar sheift. D'iontaigh sé ar a dhroim ar bharr an uisce. Cheap an fear go raibh an t-iasc marbh agus níor bhac leis a thuilleadh. Ach rug sé ar an tríú iasc. Thug sé abhaile leis é agus d'ith sé é.

Ní mór an rud beagán d'aon rud ach is mór an rud beagán céille.

AN MADRA ALLTA A RAIBH AIFÉALA AIR

Bhí madra allta ag fáil bháis agus bhí sé ag rá go raibh sé aiféalach fán drochíde a thug sé do na hainmhithe eile thart air lena bheo.

'Tá sé fíor,' a deir sé, 'go raibh mé danartha crua ach, mar sin féin, ní raibh mé chomh dona le mo chomharsannaí. Is cuimhneach liom uair amháin go bhfaca mé uan caorach ar seachrán ón tréid agus níor leag mé fiacail air. Uair amháin eile d'éist mé leis na caoirigh do mo cháineadh go feargach agus níor bhac mé leo.'

'Creidim thú, a chara dhil,' a deir an sionnach. 'Is fíor gach focal dá n-abrann tú. Is cuimhneach liom go maith an t-am. Bhí cnámh i bhfostú in do mhuinéal agus is ar éigean a bhí tú in ann blas a ithe ar feadh seachtaine.'

Is minic gadaí macánta go leor nuair nach dtig leis gadaíocht a dhéanamh.

Na hÉanacha Ramhra

Bhí scata éanacha feilme ag imeacht le chéile in iothlainn uair. Bhí cuid acu go breá ramhar beathaithe agus cuid eile suarach tanaí gan pioc feola orthu. Na cinn ramhra bhíodh siad go minic ag magadh faoi na héanacha tanaí. Deiridís nach raibh iontu ach suaracháin gan mhaith.

Lá amháin dúradh leis an gcócaire béile mór a réiteach le haghaidh féasta. Ghabh sí amach agus thug sí léi isteach na héanacha ab fhearr agus chuir sí sa bpota iad. Níor fhág sí ina diaidh ach na héanacha gan mhaith.

'Is trua é nach bhfuil muidne tanaí,' a deir na héanacha ramhra agus iad á dtabhairt isteach faoi ascaill an chócaire.

Ná bí ag magadh faoi dhaoine nach bhfuil chomh maith as leat féin.

An Sionnach agus an Chearc

Bhí ocras ar shionnach lá. Chonaic sé cearc bhreá ramhar agus dúirt sé leis féin go mbeadh dinnéar maith aige. Díreach agus é ag léimnigh ar an gcirc, chuala sé torann mór. D'fhéach sé suas agus chonaic sé druma crochta ar chrann. Bhí craobhacha an chrainn ag bualadh an droma.

'Rud ar bith,' a deir sé leis féin, 'atá in ann torann chomh mór sin a dhéanamh, ba cheart go mbeadh go leor feola air, i bhfad níos mó ná a bheadh ar chirc.'

Scaoil sé leis an gcirc agus chaith sé léim leis an druma. Stróic sé an craiceann agus ní bhfuair sé tada istigh.

'Nach mé an t-amadán,' a deir sé, 'nár choinnigh mé mo ghreim ar an gcirc.'

An té a shantaíonns an t-iomlán, caillfidh sé an t-iomlán.

An Sionnach agus an Gabhar

Bhí sionnach ag imeacht roimhe lá breá te. Bhí tart uafásach air agus é ag cinnt air aon deor uisce a fháil le n-ól. Chuimhnigh sé ar thobar a bhí i bpáirc i bhfad uaidh. Rinne sé ar an tobar agus bhí an t-uisce chomh híochtarach ann nach raibh sé in ann é a shroicheadh ón mbruach.

Bhí an tart mór air agus síos leis de léim sa tobar. D'ól sé a dhóthain agus ansin ní raibh sé in ann a theacht aníos agus bhí sé ina phríosúnach.

Maidin lá arna mhárach bhí gabhar ag dul thart agus d'fhiafraigh sé den sionnach an raibh an t-uisce go maith le n-ól.

'Tá sé chomh maith sin,' a deir an sionnach, 'nach féidir liom stopadh ach á ól.'

Léim an gabhar síos é féin. Chomh luath agus a fuair an sionnach an gabhar síos, sheas sé ar a dhroim agus tháinig sé ar an talamh tirim.

D'imigh leis an sionnach agus d'fhág sé an gabhar bocht sa tobar.

Seanfhocal: Ná bí i dtuilleamaí duine atá ina shluasaí.

An Seangán agus an Píobaire Fraoigh

Bhí comhluadar seangán ag obair go dian ar feadh an tsamhraidh ag cruinniú beatha i gcomhair an gheimhridh. Nuair a tháinig an aimsir fhuar thug siad an beatha as an áit a raibh sé stóráilte acu agus chuir siad sa ngréin é le hais a nead cónaithe féin.

Tharla go raibh píobaire fraoigh i ngar dóibh agus ní raibh aon bheatha sábháilte aige sin ar feadh an tsamhraidh. Chaith sé an t-am ar fad agus ní dhearna sé aon obair. Bhí sé i ngar do bheith caillte leis an ocras agus chuaigh sé chomh fada leis na seangáin ag iarraidh gráinne cruithneachta nó seagail.

D'fhiafraigh ceann de na seangáin de cén chaoi ar chaith sé an aimsir bhreá nuair ba cheart dó a bheith ag obair.

'Chaith mé an samhradh go sásta,' a deir an píobaire fraoigh, 'ag ól agus ag gabháil fhoinn. Níor chuimhnigh mé uair amháin ar an ngeimhreadh.'

'Más mar sin atá an scéal,' a deir an seangán, 'seo a bhfuil le rá agam leat: iad seo a bhíonns ag ól agus ag damhsa is ag siamsa, tá sé sách maith acu ocras a fháil sa ngeimhreadh.'

Seanfhocal: ní hé lá na gaoithe lá na scolb.

Sionnach agus Madra Allta

Bhí sionnach agus madra allta, casadh dá chéile iad agus chuadar ag argóinteacht le chéile. Dúirt an madra allta leis an sionnach go raibh sé ina ghadaí agus go raibh sé á shéanadh. Dúirt an sionnach leis an madra allta go raibh sé féin ina ghadaí agus nach raibh sé á admháil. Bhí gach aon cheann acu ag ceapadh go raibh sé féin ceart.

Casadh ápa dóibh. Dúradar go bhfágfaidís faoi bhreithiúnas an ápa an scéal agus go ndéanfadh sé breithiúnas idir iad. Tharraing gach aon cheann acu a chúis féin. Dúirt an sionnach leis an madra allta go raibh sé ina ghadaí agus go raibh sé á shéanadh agus dúirt an madra allta leis go raibh sé ag gadaíocht agus go raibh sé á shéanadh ar an mbealach céanna.

Chomh dócha lena athrach, rinne Domhnall Ó Cearbhaill na fabhalscéalta seo a thaifead ar an eideafón ó Phádraic Mac Con Iomaire. Ansin ba ghnách leis an t-ábhar taifeadta a athscríobh i gcóipleabhair. Chuireadh sé cóip ghlan chuig eagarthóir Gaeilge an nuachtáin ansin agus ní fios cén t-athrú a chuireadh seisean ar an ábhar. Ó tharla go raibh céimeanna éagsúla sa phroiséas seo agus lámh ag cúpla duine san obair, ní féidir a bheith céad faoin gcéad cinnte go bhfuil caint dhílis Phádraic focal ar fhocal mar a tháinig sí óna bhéal le fáil sna scéalta seo. Dá thairbhe sin ní dhearnadh aon eagarthóireacht bhreise orthu sa leabhar seo amach ó chorr-rud a leasú ar maithe le soiléireacht nó le bearna a líonadh.

Rinneadh caighdeánú litrithe ar na téacsanna. Ó tharla nach cuspóir a bhaineas le cúrsaí canúna atá i gceist anseo, féachadh le normálú a dhéanamh cuid mhaith ar ghnéithe éagsúla de na téacsanna. Mar shampla, tarlaíonn sé uaireanta nach gcloítear go hiomlán le rialacha a bhaineas le gramadach, séimhiú, tuiseal,[90] inscne, córas briathartha[91] srl. Uaireanta freisin baintear úsáid as foirmeacha éagsúla den fhocal céanna m.sh. tarna, tara agus dara, dada agus tada srl.[92] Féachadh leis na téacsanna a dhéanamh chomh hinléite agus is féidir do phobal an lae inniu, pobal den chuid is mó a tógadh leis an nGaeilge chaighdeánach.

Bunaíodh téacs na scéalta seo ar na leaganacha a foilsíodh ar an *Evening Telegraph* ós iad a cuireadh i láthair an tsaoil mhóir ar an gcéad dul síos. Tá roinnt mhaith de na scéalta i bpeannaireacht Dhomhnaill le fáil i gcóipleabhar dá chuid atá i seilbh a mhic, an Dr. Diarmuid Ó Cearbhaill. Ní miste comparáid a dhéanamh idir an leagan lámhscríofa agus an leagan clóbhuailte go bhfeictear an difríocht eatarthu gí nach bhfuil a fhios againn arbh é Domhnall nó an t-eagarthóir Gaeilge a leasaigh na téacsanna.

Seo a leanas cúpla sampla de na scéalta lámhscríofa agus cuirtear iad sin i gcomparáid leis na leaganacha a foilsíodh ar an nuachtán agus sa chnuasach seo.

An Madra Allta Óg

Bhí teach deanta i bpairc i n-áit a raibh madra alla, agus bhí paiste ag bean a tighe a bhí crosta agus níor féad sí é stopadh ó bheith ag caoineadh agus ní raibh sé sásta cor ar bith.

D'ealuigh madra alla as an teach agus bhí sé taobh amuigh ag éisteacht féacaint céard a chloisfeadh sé istigh.

'Mara mbeidh tú id' thost,' ad. an bhean, 'caithfidh me amach ar an bhfuinneoig thú agus iosfaidh an m. a. thú.'

D'fhan an m. a. annsin gar dho'n teach go gcaithfeadh an bhean an páiste amach.

Bhí sé ann go raibh sé 'na thráthnona agus ní faca sé an páiste á caitheamh amach trid an bhfuinneóig. Bhí an p. suimhnighthe tráthnóna agus sé adubhairt an mháthair leis na bpáiste go marbocaidis an madra alla a bhí ag faire amuigh.

Chuaidh an m.a. abaile trom tuirseach agus d'fhiafruigh an sean ceann de ce an fáth a raibh sé ocrach ag tigeacht abhaile.

'Ó,' adeir sé, 'cainnt ad. bean i dteach ar an mbaile. Dubhairt sí go gcaithfeadh sí páiste crosta amach cugam.'

'Bheil,' ad. an sean-ceann, 'ní raibh sé ceart agat aon áird a tabhairt ar rud adearfadh bean.'

Bhí madra rua lá ag gail thart agus é an-mhí-shuimhneach n-a intinn agus ní raibh a fhios aige cé an rud ab fhearr dhó a dheanam leis fhéin an áit gur bhuail tochais é, agus ní raibh a fios aige cé an chaoi a bhfuigheadh sé suaimhneas ó'n tochas.

Ní raibh sé ag fáil aon tsuaimhnis n-a shuidhe ná 'n-a sheasamh ná n-a luighe ach a chraiceann a stróiceadh. Bhí sé ag cuimhriu ar cé an plean ab' fhearr dho le go bhfuigheadh sé biseach dho'n ghalra a bhí air. Bhí sé á ithe go dtí an crámh. Bhain sé slám olainne a bhí ar chraiceann caorach a mharbhuigh sé tamall beag roimhe sin. Chruinnigh sé suas slám mór olainne agus chuimhrigh sé ar phlean. Sé an phlean dhá dtéigheadh sé amach ins an loch agus an slám olla [sic!] seo a thabhairt leis n-a bheal agus é a ghail amach san uisge nach mbeadh aon bhlas dhe san uisge ach bárr a smut agus an slám olainne i bhfastodh na chuid fiacla agus go gcruinnuighe an meid droch eallach a bhí sé á iomchar, go gcruinneochaidís amach san olainn agus go mbeadh sé réidh leob.

Rinne sé an rud a chuimhrigh sé air. Thosuigh sé ag gail amach ins an uisge, agus bhí sé ag gail amach nach raibh aon bhlas le feiceál de as cionn uisge ach an slám olla a bhí i bhfasdó in a chuid fiacla agus ruainne dha smut agus a pholláirí.

Chruinnigh an méid dho'n eallach a bhí sé á n-iomchar bhíodar ag siubhal amach go dtí bárr a smut ag éalodh ó'n uisge nó gur chruinneadar fré chéile ins an olainn. Nuair a fuair sé ins an olainn iad sgaoil sé uaidh an olann ar bhárr an uisge. Fuair sé an tsuaimhneas uaidh sin amach.

Tá mise réidh lib anois a d. sé. Tá mé ag iarraidh sibh bheith báidhte mar tá mo dhóithin tugaithe agaibh uaimse le tochais.

NÓTAÍ

1 Tháinig an *Evening Herald* ar an saol i mBaile Átha Cliath den chéad uair sa bhliain 1891 mar mhórbhileog. Baineadh an t-eolas sin as Hugh Oram, *The Newspaper Book: A History of Newspapers in Ireland* (MO Books, 1983), 106.
2 Samhain, 1941.
3 *Evening Herald.*
4 Scoil oiliúna a chuir traenáil ar fáil do mhúinteoirí bunscoile. Féach Thomas Mangione, 'The Establishment of the Model School System in Ireland 1834–1854,' in *New Hibernia Review*, 7.4 (2003),103–22.
5 Bhí scoil náisiúnta Chluain na Gainimhe ar an gcéad scoil a tháinig faoi stiúir an Bhoird Oideachais. Féach Séamus Ó Riain, *Dunkerrin: A Parish in Ely O'Carroll* (Dunkerrin History Committee 1988), 85.
6 Bhronn a mhac Domhnall an t-acra céanna ar Choláiste Phádraig, Maigh Nuat i gcaogaidí na haoise seo caite.
7 Leabhrán a scríobh an Monsignor Donal O'Carroll i gcomhair Aifreann Cuimhneacháin a léigh sé ina ómós i séipéal Naomh Crónáin i Ros Cré ar an 14.07.1990.
8 Tipperary North Family History Research Service, The Gatehouse, Kickham St., Nenagh, Co. Tipperary.
9 Goineadh William i gCogadh na Saoirse agus cailleadh é ins na fichidí de bharr na gcréacht a d'fhulaing sé.
10 Scoil gheimhridh Ghaeilge a cuireadh ar bun i 1906. Féach Nollaig Mac Congáil, 'Bunú Choláiste Laighean 1906: Deireadh le Túsré na gColáistí Gaeilge,' in *Feasta* (Eanáir, 2007), 23–27.
11 Thug sé a chéad cheacht sa luibheolaíocht don Ollamh Liam Ó Buachalla sa scoil sin, mar shampla.
12 Modhscoil a bhí ann tráth.
13 Bhí sé ina eagarthóir ar *An Claidheamh Soluis* ó mhí na Samhna 1909 go dtí mí Mheán Fómhair 1917. Maidir le cuntas níos iomláine faoi, féach Diarmuid Breathnach agus Máire Ní Mhurchú, *1882–1982: Beathaisnéis a Trí* (Baile Átha Cliath: An Clóchomhar Teo., 1992), 55–56.
14 'Irish Folklore,' *Irish Weekly Independent*, 01.02.1936, 7.

15 Sin an gléas taifid is mó a d'úsáideadh na bailitheoirí béaloidis. Féach Mícheál Briody, *The Irish Folklore Commission 1935–1970: History, Ideology, Methodology* (Finnish Literature Society, 2007), 244–245.

16 'An samhradh seo caite thugas cuairt míosa ar Charna, an ceantar is Gaelaí san Iarthar. Bhailíos cuid mhaith seanscéalta, mar is eol do léitheoirí an pháipéir seo, agus rinne mé iarracht freisin ar na ceardaithe sa cheantar a chur ag caint faoina gcuid ceard. D'éirigh liom cuid mhaith téarmaí ceirde agus leaganacha deasa cainte a bhreacadh síos uathu. Bhéarfaidh mé anseo ó am go ham na téarmaí a bhaineann le siúinéireacht, gaibhneacht, caoladóireacht agus mar sin,' Domhnall Ó Cearbhaill, *Irish Weekly Independent*, 15.06.1935, 8.

17 Memo re Béaloideas in Inis Meadhon. 19.08.1942. Coimisiún Béaloideasa Éireann (Iml. 113. Reel 379).

18 *Ibid.*

19 Mac Rí Ruaidhrí Ó Concobhair. Coimisiún Béaloideasa Éireann, Márta 1936.

20 *Irish Independent*, 01.02.1938, 13.

21 'Folklore,' *Irish Independent*, 10.09.1938, 12.

22 *Irish Independent*, 09.03.1940, 6.

23 Beidh níos mó tráchta air seo sa chéad chaibidil eile.

24 A Note on Spinning by D. O'Carroll, 05.03.1942. Coimisiún Béaloideasa Éireann (Iml. 1122. Reel 374).

25 'Nothing like Homespuns: Experts Praise,' *Irish Independent*, 03.01.1939, 6.

26 Féach 'Building Up A Folk Museum,' *Irish Independent*, 01.10.1938, 7.

27 Bhí spéis ar leith ag Domhall i rith a shaoil i gcúrsaí siúinéireachta. Chaitheadh sé tráthnóntaí fada geimhridh ag obair le deil (*lathe*) coise sa 'teach nua' beag a thóg sé mar cheardlann (*workshop*) agus mar sheomra dorcha ag cúl a thí ag 2 Páirc Chríoch Mhór, Glas Naíon. Tá troscán a dhearaigh agus a rinne sé fós ina séadchomharthaí ag a chlann.

28 Cuireann Domhnall síos ina dhialann mar a chuaigh sé chuig an Aifreann (*Missa Cantata)* agus go raibh Turas na

Croise ansin cosúil leis na cinn a bhí i Mainistir na gCistéirseach i Ros Cré.

29 'Sweden's Folklore Methods: Trades are studied,' *Irish Independent,* 19.01.1939, 11.

30 'Don't Go Without a Beaver Hat! Seán Ó Súilleabháin in Sweden in 1935,' in *Sinsear* 7 (1993), 49–59.

31 *Tuam Herald,* 13.10.1951.

32 John McGahern, *Memoir* (London: Faber and Faber, 2005), 195.

33 Nollaig 1944, 1.

34 Iris Mhíosúil le Comhlucht Siúicre Éireann Teo.

35 *Official Handbook for Parish Guilds and Councils.*

36 Féach Maurice Gorham, *Forty Years of Irish Broadcasting.* (Dublin: Talbot Press, 1967). *Radio Éireann Yearbook* 1948.

37 Ní miste tagairt a dhéanamh don phíosa seo a leanas a foilsíodh ar *The Leader,* 09.10.1943, 171:

Cumann na Scannán: Comhairle na n-Óg (Children's Film Committee).

The above Committee has been working for the past year on the question of films for children, during which period it has established:

1 A Teacher Group

2 An Educational Film Library which has acquired a stock of fourteen educational films of the 16 m.m. silent type, many of which are of a geographical nature.

3 An All-Teacher Production Unit which is at the moment completing a film entitled *Creasa na Cruinne* (Zones).

4 A joint committee with the Theatre and Cinema Association for the purpose of organising Children's matinees, a number of which have already been provided in Dublin and suburbs.

5 With the object of increasing the interest of teachers in this very necessary work, and of enrolling new members for active participation in any of its many different spheres, a general meeting of teachers has been arranged for The Teachers' Hall, 36 Parnell Square on Friday, 8th October, 1943, at 7.30 p.m.

The programme will consist of:

1 A short review of the work of Comhairle na n-Óg (C.F.C.) during the past year. (Áine Ní Cheannain)
2 Three ten minute talks:
a) History the Film Way. (Liam Ó Gógáin)
b) Geography the Film Way. (Domhnall Ó Cearbhaill)
c) The making of an educational film with particular reference to *Creasa na Cruinne*. (Feardorcha Mac Philib).
3 The showing of three short educational films, including extracts from *Creasa na Cruinne*.

38 Sa bhliain 1926, rinne Frank Fahy, T.D. agus Rúnaí Ginearálta Chonradh na Gaeilge, an chaint seo a leanas ag cáineadh an *Irish Times*:
They had seen the efforts made by a minority in this country, led by the *Irish Times*, to prevent the revival of Irish. The *Irish Times*, not only was against the revival of anything that tended to the supremacy of the Gael – it would not print or refer to anything Gaelic if it possibly could avoid it. It always spoke of Kingstown and Queenstown except when it was paid to insert the Irish names in a paid advertisement. It did its best during the last three months to get the status of Irish lowered in the primary school programme. It had failed in that. (*The Derry Journal*, 09.06.1926, 6).

39 Thacaigh an *Independent* leis an nGaeilge ón tús, nó, ina gcuid focal féin:
To the Irish Language and Industrial Revival Movements, as to every movement for the National and material regeneration of Ireland, we shall give our heartiest support. (*Irish Independent*, 02.01.1905, 4).

40 Tá clár saothair Dhomhnaill curtha le chéile ag Máire Uí Chuinneáin ina tráchtas M.A. Féach Máire Uí Chuinneáin, *Domhnall Ó Cearbhaill: Scoláire gan Iomrá* (OÉ, Gaillimh, 2005).

41 Le cuntas cuimsitheach a fháil ar stair agus ar thábhacht an Ghúim agus an aistriúcháin i gcoitinne, féach Philip O'Leary, 'Flawed, Failed, Forgotten? The Question of Translation,' in *Gaelic Prose in the Irish Free State, 1922–1939* (Dublin: University College Dublin Press, 2004), 376–406.

42 Féach Regina Uí Chollatáin, *An Claidheamh Soluis agus Fáinne an Lae,* 1899–1932 (Baile Átha Cliath: Cois Life, 2004), 195.

43 Féach ar an gclár saothair le Máire Uí Chuinneáin faoi 'Is Cuimhneach Liom' agus 'Obair na Bliana.'

44 Ag tosú ar 06.07.1935.

45 Ag tosú ar 15.06.1935.

46 Féach *Building Up A Folk Museum.*

47 Is léir go raibh tóir ar Dhomhnall mar chainteoir chomh maith nó foilsíodh an cuntas seo a leanas le Cú Uladh ar *An Phoblacht*, 18.12.25, 4:

'Ag Cumann Liteardha na hOllscoile na seachtmhaine seo thug Domhnall Ó Cearrbhaill léigheacht uaidh ar an leabhar úd *Mo Dhá Róisín* do scríobh Máire roinnt bliadhan ó shoin. Mhol sé tréithe áirighthe sa' leabhar agus cháin sé tréithe áirighthe eile. D'admhuigh sé go bhfuil buaidh na cainnte ag Máire ach go bhfuil sé ró-thugtha do 'chainnt na ndaoine' .i. do leanamhain gach a n-abartar cois teineadh, bíodh sé maith na olc; agus dar leis bhí an locht ceudna ar scríbhinnibh an Athar Pheadair; an bhuaidh eile fá leith atá ag Máire, dar leis an léigheachtaidhe, cur síos ar mhion-rudaí, go háithrid rudaí a bhaineann le cúrsaí nádúir. I dtaoibh na ceapadóireachta, dar leis go bhfuil locht ar an scéal i dtaoibh an roinnt deiridh de; nach luigheann an chaibidil deiridh leis an chuid eile; ach dubhairt fear eile gur thaitin an chaibidil leis féin níos fearr na aon chuid eile do'n scéal. Thrácht Domhnall fósda ar thréithe agus cáilidheacht na ndaoine ar a bhfuil tuairisg sa' scéal. Dar leis nach bhfuil duine ann ach amháin b'éidir an sár-fhear, na an gaisgidheach, atá nochduighthe do réir nádúir na gur féidir creidbheáil gur mhair a leitheid. Fiú an sár-bhean na an ban-ghaisgidheach ní inchreidte go raibh a leitheid ann; agus an cigire scoile atá luaidhte sa' leabhar ní féidir a ghlacadh go dáiríribh. Bíodh nach éigin glacadh le tuairimí Dhomhnaill is ionmholta an rud dó léigheacht mar seo do thabhairt uadh.'

48 Féach *Fír. Iris na hOllscoile, Gaillimh* (1950–1951), 41–43.

49 Iris de chuid Chomhlucht Siúicre Éireann, Teo.

50 *Official Handbook for Parish Guilds and Councils* 1947), 83–9.

51 Féach, mar shampla, Peadar Ó Ceannabháin (eag.), *Éamon A Búrc: Scéalta* (Baile Átha Cliath: An Clóchomhar Teo., 1983) 11–22 agus Mairéad Nic Dhonnchadha, 'Seáirse Siar Carna – Mar a Bhí,' *Connemara*, Vol. 2, No. 1 (1995), 96–101.

52 J. H. Delargy, *The Gaelic Story-Teller*. The Sir John Rhys Memorial Lecture, British Academy 1945, 16.

53 *Irish Weekly Independent*, St. Patrick's Day Number (1937), 10. Pádraic Mac Con Iomaire, Carna, a d'inis; Domhnall Ó Cearbhaill a scríobh síos.

54 *Primers*.

55 De réir.

56 *Dtarrnófaí* sa bhuntéacs.

57 The establishment of a state system of primary education, the National School system, which was established in 1831, had the teaching of English as one of its main aims. The use of Irish was discouraged from the start and led to the introduction of the notorious 'tally stick' where children were beaten if caught speaking Irish. The use of the tally stick was enthusiastically endorsed by many parents who felt that Irish was of little economic use to their children particularly when economic improvement was seen to be dependant on emigration. (Féach www.askaboutIreland.ie).

58 The Rev. Peter O'Leary, *Aesop a Tháinig go h-Éirinn/ Aesop's Fables in Irish with English Translation*, ed. Norma Borthwick (Dublin: The Irish Book Company, 1900).

59 Le haghaidh eolais ar an luathlitríocht do pháistí, féach Ríona Nic Congáil, ''Fiction, Amusement, Instruction': The Irish Fireside Club and the Educational Ideology of the Gaelic League,' in *Éire-Ireland*, 44: 1&2 (Spring/Summer 2009), 91–117.

60 *United Irishman*, 15.09.1900, 1.

61 Peadar Ua Laoghaire, *Séadna* (Baile Átha Cliath: Carbad, 1995), ix.

62 Féach Seth Lerer, *Children's Literature: A Reader's History from Aesop to Harry Potter* (Chicago: The University of Chicago Press, 2008), 40–41.

63 The Rev. Peter O'Leary, *Aesop a Tháinig go h-Éirinn, I-V*, ed. Norma Borthwick (Dublin: The Irish Book Company, 1909), 3.

64 Lloyd W. Daly (ed.), *Aesop without morals: the famous fables, and a life of Aesop* (New York: T. Yoseloff, 1961), 20.

65 Willis L. Parker and Charles Henry Bennett, *The Fables of Aesop* (New York: Three Sirens Press, 1933), 16.

66 Seth Lerer, *Children's Literature: A Reader's History from Aesop to Harry Potter*, 37.

67 Plato, *Phaedo* (Montana: Kessinger Publishing, 2004), 35; Annabel M. Patterson, *Fables of power: Aesopian writing and political history* (Durham: Duke University Press, 1991), 6.

68 Seth Lerer, *Children's Literature: A Reader's History from Aesop to Harry Potter*, 41.

69 Jean de La Fontaine, J. W. M. Gibbs, Elizur Wright, *The Fables of La Fontaine* (Middlesex: Echo Library, 2006), 17.

70 Jean de La Fontaine, Charles Athanase Walckenaer, *Oeuvres de La Fontaine* (Bruxelles: Ode et Wodon, 1828), 84.

71 Seth Lerer, *Children's Literature: A Reader's History from Aesop to Harry Potter*, 52.

72 Lillie Mae Chipman, Aesop, Melissa Farmer, George Fyler Townsend, *Aesop's Fables* (Massachusetts: Digireads.com Publishing, 2005), 10.

73 Breandán Ó Doibhlin, *Fabhalscéalta La Fontaine* (Baile Átha Cliath: Coiscéim, 1997), xi.

74 John Metz, Jean de La Fontaine, *The Fables of La Fontaine* (New York: Pendragon Press, 1986), 13.

75 Tess Cosslett, *Talking animals in British children's fiction, 1786–1914* (Hampshire: Ashgate Publishing, 2006), 19.

76 Idir 1647 agus 1700, foilsíodh sé eagrán Béarla is fiche d'Fhabhalscéalta Aesóip. Féach Tess Cosslett, *Talking animals in British children's fiction, 1786–1914*, 11.

77 Féach Fionnuala Uí Fhlannagáin, *Mícheál Ó Lócháin agus AN GAODHAL* (Baile Átha Cliath: An Clóchomhar, 1990), 130.

78 *An Gaodhal*, Iml. 1, Uimh.3 (Nollaig 1881), 22.

79 *An Gaodhal*, Iml.7, Uimh.2 (Eanáir 1889), 849.

80 Féach *Irisleabhar na Gaedhilge* Iml. 8, Uimh. 89 (Meán Fómhair, 1897), 90–1; (Deireadh Fómhair, 1897), 107 aistrithe ag Peadar Ó Laoghaire; Iml. 11, Uimh.132 (Meán Fómhair, 1901), 151–2; Iml. 11, Uimh. 134 (Samhain, 1901), 183–4 aistrithe ag Pádraig Ó Laoghaire. Is iad na

haistriúcháin seo ag Pádraig a foilsíodh ar an *United Ireland*.

81 John Nolan, *Aesop's Fables in Verse* (Dublin: Browne and Nolan, 1897).

82 Gearóid Trimble, *The Dundalk Democrat agus Oidhreacht na Gaeilge in Oirdheisceart Uladh ag Casadh an 20ú hAois* (Baile Átha Cliath: Coiscéim, 2008), 8.

83 Féach *Sinn Féin*, 27/02/1909, 1.

84 Seán Ó Ríordáin, 'Cúl an Tí,' in *Eireaball Spideoige* (Baile Átha Cliath: Sáirséal Ó Marcaigh, 1986), 61–62.

85 'The Peacock and Juno' a thugtar air seo i bhfabhalscéalta Aesóip; 'Gearán na Péacóige' a thugann Pádraic Mac Con Iomaire air.

86 Tá an réamhrá seo ag D. Ó. C leis an scéal seo a leanas nuair a foilsíodh é: Seo anois scéal nach bhfuil aistrithe chor ar bith. Chífidh léitheoirí go bhfuil an dul nádúrtha céanna ar an gcaint.

87 Tá *madaí* agus *madraí* le fáil i gCois Fharraige. Féach Tomás de Bhaldraithe, *Gaeilge Chois Fhairrge* (Institiúid Árd-Léinn Bhaile Átha Cliath, 1953), 357 sub *madadh* agus *madradh*.

88 Sa bhuntéacs '[*ag*] *cheapadh*,' i gcónaí le séimhiú eisceachtúil. Féach *Gaeilge Chois Fhairrge* § 485.

89 *Lotaithe* sa bhuntéacs.

90 Deirtear an méid seo a leanas, mar shampla, faoi chanúint Charna in Hans Hartmann, Tomás de Bhaldraithe agus Ruairí Ó hUiginn, *Airneán* Band 2 (Niemeyer, 1996) § 110.3: 'Non-inflection of article and noun also occurs, especially where the noun is qualified by an adjective or by an adverbial phrase e.g. *ar nós an choinneal bheag*.' Athraíodh leithéidí *ag déanamh dochair mhóir, ag tarraingt ualaigh mhóir* srl. sna téacsanna.

91 Mar shampla, san aidiacht bhriathartha, an chríoch – *aithe* in ionad – *tha* i leithéidí *tagtha* < *tagaithe, tugtha* < *tugaithe, leagtha* < *leagaithe*. Le linn na hathruithe sin a dhéanamh, bádh cuid de thréithe canúna Charna ach rinneadh sin ar mhaithe le rialtacht agus le héascaíocht na léitheoireachta.

92 Mar shampla, ina leabhar *The Irish of Iorras Aithneach, Co. Galway*, Vol. 4 (Dublin Institute for Advanced Studies 2007), 2537 luann Brian Ó Curnáin na foirmeacha éagsúla

seo a leanas den fhocal *malairt* sa chanúint sin: *malairt, maltraid, malraide, malthraid, malrait, marlait, marthlait*. Is minic a bhíonn éagsúlacht mhór foirmeacha le fáil i gcanúint ar bith agus cuireann a leithéid mearbhall ar an ngnáthléitheoir.